ローラン・プティマンジャン
松本百合子 訳

夜の少年

Ce qu'il faut de nuit

Laurent Petitmangin

早川書房

夜の少年

CE QU'IL FAUT DE NUIT
by
Laurent Petitmangin

Translated by
Yuriko Matsumoto
First published 2022 in Japan by
Hayakawa Publishing, Inc.
This book is published in Japan by
arrangement with
TRAMES, Paris
through Bureau des Copyrights Français, Tokyo.

装幀／早川書房デザイン室
写真／Francis Riddle / EyeEm / Getty Images

フスは芝の上でスライディングする。相手のボールにタックルする。滑り込んでボールを奪うのが好きだ。敵にまともにかかっていくのではなく、うまくやる。それでもフェイントをかけて相手を欺《あざむ》くには十分だ。ときに敵にはねつけられるが、フスはからだがでかい。しかも、プレーしているときの彼は負けず嫌いであきらめない手強いやつに見える。彼は三歳のときからフスと呼ばれている。フス。ルクセンブルクの方言でフットボールのこと。以来、それ以外の名で彼を呼ぶ者は一人もいない。先生たち、仲間、そして彼の父親であるわたしにとっても、フスだ。毎週日曜日、彼がプレーするのを観ている。雨が降ろうが、凍えるほどに寒かろうが。手すりに肘をつき、ほかの者たちからは距離を置いたところで。グラウンドはありとあらゆるものから離れたところにポツンとあって、ポプラの木々に囲まれ、駐車場も低いところにある。試合が終わってからみんなで一杯飲んだり、道具を片付けたりするための小さなあばら家は昨年ペンキを塗り直した。誰も理由はわからないが、芝は何シーズンも前からきれいになっている。空気はいつも新鮮だ、真夏でさえも。騒音もない。遠くに走る高速道路と小川のせせらぎだけが日常を思い起こさせる。良い場所だ。まるで金持ちの土地のようだ。さらに整備されたグラウンドを見つけるためにはルクセンブルクまであと十五キロメートルは北上しなければならない。ここには自分の居場所がある。選手たちのベンチからも、常連の観客たちの一団からも離れたところに。ビジターチームのサポーターも遠い。グラウンドのたった一枚しかない広告の真正面。ケバブという名前でなんでも売っている店。ピザ、タコス、それにバゲットを半分に切ってステーキとフライドポテトをはさんだアメリカンスタイルのサンドイッチ、もしくは同じようにバゲット半分に白いソーセージとフライドポテトをはさんだ地元のスタイン風サンドイッチ。ル・モハメッドのように握手をしにやってくる者も何人かいる。

「インシャラー、あいつらを打ち負かそうぜ。今日もフスは好調か？」そう言って去っていく。わたしは決して苛立たない、ほかの者たちのようにケンカもしない、ただ試合の終わるのを待つ。

これがわたしの日曜の朝だ。七時に起床、フスのためにコーヒーをいれたら、声をかける。彼はぐずぐずすることなくガバッと起きる。深夜遅く床に就いた翌朝だとしても。しつこく起こしたり、からだを揺すったりしなければならないのは面倒だが、一度もそんな必要はなかった。寝室の扉ごしに、「フス、起きろ、時間だ」と言うだけ、すると彼は数分後にはキッチンにいる。話はしない。話すことがあるとすれば、前日のメスの試合についてだ。わたしたちはムルト＝エ・モーゼル、通称「54」（フランスの県番号）の住人だがグラン・テスト（大東部の意のフランスの地域圏）ではナンシーではなくメスを応援している。特に理由はない。グラウンドの近くに車を停めるときは要注意だ。愚かな者はどこにでもいる、「54」のナンバーを見るや興奮して車にいたずらをするやつらが本当にいるのだ。前の晩に試合があった朝は、ジャーナリストの書いた記事をフスに読んで聞かせる。わたしたちにはお気に入りの選手、何があろうと非難することなく信じている選手たちがいるが、彼らはいつかはクラブを去っていく。クラブは彼らを引き留めておけない。すこしでも抜きんでてくるとほかのチームにかすめ取られてしまうのだ。そしてほかの選手たち、勤勉にプレーはするがパッとしない者ばかりが残る。よそに行っちまえ、へまばっかしやがって、と試合中に二十回は心の中で繰り返したくなるやつら。結局のところ、ユニフォームを汗で濡《ぬ》らしているあいだは、パスやタッチでミスをしても残っていられる。自分がどれほどの者か、身の丈を知っているのだ。

フスがプレーするのを見ていると、自分にはこれ以上の人生はない、生きている喜びを得られるのはここだけだと感じる。観客の歓声、ピッチに立ち、芝を蹴るスパイクの音、もっと相手を見ろよ、当たりが弱いぞ、というチームメイトたちの文句、シュートを決めたり、最初に相手と競り合って強烈にぶつかり合ったりしたときの喉から絞りだすようなうめき声。わたしにはまったく関与できない瞬間だが、フスとわたしのあいだに残された唯一の瞬間。何が起ころうが決して譲れない時間、今か今かと待ち焦がれる時間。そこにいること、ただそれだけが大切な時間。何かを解決してくれるわけじゃない、まったく何も。試合が終わり、フスはすぐには帰宅しない。わたしは彼を待たずに、フスの弟と夕食を済ませてしまうこともある。「ジルー、ユニフォーム洗っといてくれよ」「えー、なんでぼくがやるのさ？」「だって弟じゃん。やってくれたらいつか何か返すからさ」そう言ってフスは皿を手に取り、自分で料理を盛り付けて、テレビの前に陣取って録画してあった午後の番組を観る。

午後五時、元気があるときには支部に行く。夕方一杯やるのに使わなくなってからここへやってくる者はますます少なくなっている。どうでもよくなってしまったのだ。みんなまともに働かなくなり、ボトルを開けるのをただ待つだけになっていた。四人か五人、それ以上いることはめったにない。いつも同じ顔ぶれというわけでもない。二十年前にしていたように、テーブルを広げる必要もない。ほとんどの者が月曜は仕事をしない。引退した者や、ラ・リュシエンヌは夫が現役だったときのように今もやってくる、焼き菓子を持ってきて切り分けてくれる。彼女がきっちりときれいに八等分するまで誰も口を開かない。一人か二人はとうの昔から失業している。話題はいつも同じだ。三年に一度はひとクラスずつ減っていく、長くはもたない村の学校、次々と店をたたんで立ち去っていく商店、そして選挙。ここ数年、わたしたちの支持する党は一度も勝っていない。このあたりの者は誰一人としてマクロンに投票しなかった。かといって敵対候補にも投票しなかった。投票日（二〇一七年の大統領選挙）当日のあの日曜はみんな家にいた。彼女（国民連合のルペン）が当選しなかったことにすこしだけ安堵《あんど》して。いや、それも怪しい、心の底では大荒れに荒れたほうがよかったと思っていた者もいたのではないかと思う。

我々は必要なことはビラを貼って伝える。それがどれほど役に立つかはわからないが、言うべきことをうまく伝えられる若者がいる。我々の顔色と人生を曇らせる苦境を一枚の紙の上で的確に表現できる者。それがジェレミーだ。ル・ジェレミーではない。ただのジェレミー。彼はここの生まれではないから、我々がなんでもかんでも冠詞の《le》や《la》をつける癖をおもしろがって真似してみせる。ジェレミーの両親は十五年前、車のエンジンクランクケースを製造する会社が新製品を打ちだすために作った工場に雇われてこの土地にやってきた。一気に四十人の採用があった。望外のことだった。二十回は落成式をしないと本当に落成式をしたことにならないような大騒ぎだった。知事、代議士、学校の生徒たち、この一帯に住む人々がこぞってわざわざと無駄な時間を過ごしに集まってきた。司祭までもが静粛に祝福するために何度もやってきた。地方紙「レピュ」のジャーナリストは、人々が成功を信じた象徴である工場の流れ作業の前ですべてを語るためにひっきりなしに通ってきた。「ロレーヌは産業が盛んな土地です。これからも発展していくでしょう」美しいブロンドの女性が彼女によく似合う希望に満ちた言葉を使ってしっかり仕事をこなしていた。写真を撮っているのも彼女だった。ヴィルリュプトとオダンルティシの地元版のページに毎日変化をつけるために、彼女自身もポーズを変えて。工場の流れ作業は機能するまでに時間がかかった。いや、時間がかかりすぎた。人探しに苦労してやっとのことで現場監督と技手が研修を終えて準備が整った日、あの厄介な溶剤をどうにかこうにか正確に扱える方法を見つけた日、一日に数十ミリリットルというほんのわずかの溶剤が漏れて、工場は開業前から信用を落としてしまった。投資した銀行は、この生産ラインと廃棄物をさっさと片付けてしまおうとして、またしてもパニックに見舞われた。工場は放射性物質を吐きだしてもおかしくなかった。村としてはどうでもいいことだったと言って嘘をつくつもりはない。この生産ラインのスタートをこれ以上遅らせるくらいなら便所の水を飲んだほうがましだった。支部では議論はしなかった、あの頃はまだそこまでエコロジーが叫ばれていなかった。かといって未だにそうでもないが。ジェレミーは当時の呼び方では、春のクラスに属していた。二十名ほどの子どもたちが雇われたばかりの両親と共に三月か四月にやってきて、小学校のクラスをひとつ立ち上げさせて、九月の新学期になるとすぐに中学生となった。

ジェレミーは今では二十三歳、フスより一つ年下だ。最初のうちふたりは仲良しだった。フスは彼のことが大好きだった。家にも何度も連れてきた。とはいえ、彼はあまり友だちを連れてくることはなかったのだが。おそらくフスは恥ずかしかったのだと思う。ベッドを離れることがなかなかできない母親のことが。おそらく父親のわたしのことも。ジェレミーが遊びにくる日は妻にとっては素敵な一日だった。具合の良いときには起きだして彼らのためにゴーフルやドーナッツをこしらえた。妻はフスに向かって、知らせておいてくれれば前の晩に早くから生地《きじ》を作ってもっと美味しくできたのにとブツブツ言った。それでも彼女はいつも、周りに砂糖をまぶしたサクッとしたドーナッツを仕上げた。ドーナッツは夕食のあとにも、さらに翌日の分も、サラダボウルがいっぱいになるほどたくさんあった。ジェレミーとフスは中学校の頃まではよく会っていた。そしてある時期からフスはあまり勉強しなくなった。授業に出なくなった。彼には敢えて考えなくても自然と口から出てくる言い訳があった。病院。母親。母親の病気。容態がすこしでもよくなると一緒に過ごした。母親の最期の日々。そしてついに訪れた不幸。第六学年、第五学年、第四学年（日本の小学校六年、中学校一年、二年）は、フスにとってはわたしの無力な姿を見ていた最悪の三年間だった。いつか快方に向かうと信じることがすでに難しくなっていた。病状が好転せず、快復を望めなくなった。わたしはタバコをやめることさえできなかった。フスがベッドに腰かけて涙を流しているとき、横に座ってやることさえできなかった。母さんは大丈夫、良くなって家に戻ってくるよと嘘をつくことさえできなくなっていた。ただ子どもたちに食べさせること、フスと弟に食事を与えること、この子たちを遅くに作った自分を非難することしかできなかった。ジルーが生まれたとき、わたしも妻も三十四歳になっていた。

フスは十四歳で三年生になると、もうどうにもならなくなった。良き時代の友だちを遠ざけた。小学校の先生たちからフスは愛されていたが、中学校の先生は小学校の先生ほど辛抱強くなかった。自分の生徒である少年が日曜日ごとにボン・スクール病院へ通い、日がな一日ベッドの横で過ごしているのを知っていながら、問題を見て見ぬ振りをしていた。最初の頃、フスは病院で宿題をやっていたが、そのうちわたしと同じことをするようになった。ベッドのそばに座ってただベッドを見ていた。ベッドに横たわる母親を見ていた。ことさらベッドを、シーツがきちんと敷かれているかを。煮えたぎる熱湯で洗われて漂白剤につけられているうちによれてしまった部分に目を凝《こ》らしていた。何時間でもそうしていた。まともに見るのが辛くなるほど彼女は醜くなっていた。四十四歳。知らないひとの目には二十歳も三十歳も上に見えていただろう。女性の看護師が時折、彼女に化粧をしてくれたが、眠れない妻の顔に週を追うごとに広がっていた黄斑を隠すことはできなかった。そしてシーツから出ている妻の腕は、すでに人生の最期を告げていた。わたしと同じように、フスも病院に行きたくないと思うときもあったはずだ。普通の日曜を過ごしたいときも。というより、病院に向かって走るより何か特別な楽しいことをしたかったはずだ。でも、一度としてそんなことは起こらなかった。見舞いに行く以上に良いこと、緊急のことは何一つなかった。だから妻に会いに病院に行った。時折、ジルーを午後だけ隣人に預かってもらうよう頼んだこともあった。患者の夕食が終わり、八時の鐘がなると、わたしたちはそこに行ったということで気持ちがラクになって、外に出た。夏は時折、窓を開けて満ち足りた気分を味わうこともあった。彼女の意識がはっきりしている時間、中庭から聞こえてくる音に一緒に耳を澄ませて楽しんだ。そんなときは彼女に嘘をついた。今日は顔色がいいと、廊下ですれ違った先生も満足そうだったと。

こんな状況でもやはり息子には頑張れ、勉強しろ、学校に行けと言って背中を押すべきだった。すこしずつ落ちこぼれていくのが見てとれた。成績表の数字も前より悪くなっていったが、しかしそれがどうだというのだろう。わたしのわずかなエネルギーは、働き続けるために、仕事仲間やチーフの前で愛想よくし続ける、このつまらないポストを守るために残しておいた。あの頃は疲れ果てて、ときには二日酔いになってしまうこともあったので、ヘマをしないように注意していなければならなかった。ショートさせないように、転落しないように気をつけている必要があった。架線のカテナリーのメンテナンスは高所での作業だ。無事に帰宅しなければ。なぜなら二人の子どもを育てなければ、子どもたちが寝付くまでは飲まずにしっかりしていなければならなかったから。そのあとは成りゆきに任せる。いつもではない。とはいえ、しばしば。この三年はこうして過ぎていった。ボン・スクール病院、ロンウィの国鉄《SNCF》の保線区、時々モンティニーの保線区、オーバンジュ－モン・サン・マルタン線、ウワッピィでの車両入れ替え、家、支部、そしてまた病院。サルグミンとフォルバックでの夜勤、隣人にジルーとフスに気をつけていてほしいと頼んで。フスはレンジでチンして温めるだけの惣菜を弟と一緒に食べる。「気をつけるんだぞ。ガスの栓を閉め忘れるな。家にぼやなんか起こすんじゃないぞ。遅くまで起きてないで早く寝ろ。何かあったらル・ジャッキーのところに行け、今夜は二人だけだって知ってるから」十三歳ですでに自立していたフス。おとなのように弟の世話をよくしていた。本当にいいやつだ。夜勤を終えて帰宅したときには、家の中はいつも完璧だった。一度としてル・ジャッキーのところに駆け込んだことがない。ゲンコツくらい大きな雹《ひょう》が降ってキッチンのガラス窓を叩《たた》き割ったときでさえ。ジルーが眠れないときも、怖いときも、母親に会いたいと泣いたときも、フスは一人でなんとか切り抜けた。彼はすべきことをしていた。ジルーに話しかけ、翌朝は彼を起こし、朝食を食べさせた。弟が散らかせば面倒がらずに片付けもした。事情が違えば、模範的な子どもだったろう。二十倍、百倍、千倍もその努力が報われてよかったはずだ。それなのに、あのときは妻の心配ばかりで、わたしはフスにありがとうを言おうなんて考えたこともなかった。「うまくいったか、バカなことはしなかったか？　日曜は病院に行くぞ」ただそれだけ。妻は、彼女は子どもの育て方、フスのこと、ジルーのことをどうやって面倒みるかを知っていた。参観日には必ず学校に行った。わたしにも有休を取って一緒に来るようしつこく言った。わたしたちはいつも真っ先に着いて、最前列の小さな勉強机で縮こまっていた。先生の話に耳を澄ませて。妻はメモを取って、夜、子どもたちに読んで聞かせた。彼女はフスにラテン語を選ばせた。なぜなら優秀な子たちがラテン語を選択していたからだ。文法を習得するのに役立つ。方程式のように格変化や語尾の変化をしっかり覚えればいい。ラテン語とドイツ語。第四学年になれば英語を習う。彼女はふたりの将来に希望を抱いていた。「あなたたちは国鉄《SNCF》のエンジニアになりなさい。良い職業よ。医者もいいけど、でもやっぱりエンジニアね」病気がわかったとき、妻は子どもたちの未来について話をしたが、それは最初の頃だけだった。わたしはこのガンを信じていなかった。おそらく彼女も同じだと思う。あまり注意もせずに彼女に話をさせていたが、しばらくして急激に苦痛に襲われ、その話題を再び口にすることはなかった。最後の数週間、もう終わりだと知っていても、自分の人生を振り返ることもせず、どんな忠告にも耳を塞いだ。ひたすらわたしたちを見ていることに満足していた。意識のはっきりしているわずかな時間、ただわたしたちを見ているだけ、ほほえみかけもせずに。わたしに何か約束させることもなかった。彼女はわたしたちの好きにさせていた。三年間このガンに耐えたが、治してみせるとは決して口にしなかった。妻は病気に立ち向かうような人間ではなかった。一度だけ、わたしは彼女に言った。「子どもたちのために、なんとか克服してみせると言ってくれよ」「まずは自分のためにするわよ」と彼女は答えた。それでも彼女は医師たちを苛立たせていたと思う。治そうという前向きな気持ちがなかった、そもそも頑張る気力がなかった。医師たちは彼女が病気をはねつけ、ほかの患者たちのように、このガンをぶっ潰してやるとか、打ち負かしてみせるとか、何かしら気骨のある言葉を発するのが聞きたかった。しかし彼女は言わなかった。映画で目にするようなセリフも、ひとが聞けば喜ぶような言葉も。最後の忠告も。彼女にはもううんざりだったのだろう。本当の人生ではなかった、こんなふうに終わるべき人生ではなかったはずだ。だから葬式では故人の勇気について語る者は一人もいなかった。

とはいえ、三年間の入院、化学療法、放射線治療。参列した人々は残されたわたしについて、子どもたちについて、これからどうしていくべきかという話をしたが、彼女についてはほとんど触れなかった。彼女があきらめてしまったこと、あまりに惨めな印象を与えていたことをすこし恨んでいたのかもしれない。最後の数時間はどんなふうでしたかと医師に訊いたとき、医師は肩をすくめて言った。「これまでと同じですよ。それ以上でもそれ以下でもない。ご主人、あなたもよくご存じのように、奥さんは自分の病気に抵抗しなかった。誰もがそんなふうにいられるとは限りません。そもそも、戦ったからといって何かを変えられるとは言いませんが。正直なところ、誰にもわかりません」そして、祈禱《きとう》。司祭さえも居心地が悪そうだった。司祭はわたしたち家族のことをよく知らなかった。日曜の礼拝に行く習慣はなかったが、それでもきっと妻は何かちょっとしたことをしてほしかったのではないだろうか。というかそんなことについて一度も話したことがなかったのでそれは想像に過ぎないが、わたしとしては教会に行けばこの時間が記憶に残るだろうと思ったのだ。こんなふうに性急に旅立ってほしくなかった。子どもたちにとっても教会に行ったことで母親の死をすこしはまともに受けとめられたかもしれない。墓地を出たところで支部の仲間の一人の息子に声をかけられた。彼は遅れてきたことを詫《わ》びて、国道を降りてから道が混んでいたのだと言った。彼がタバコをすすめてきた。ジルーはすでにル・ジャッキーに連れられて帰途についていた。フスは葬式のあいだずっとわたしから離れずにいた。全身全霊でこの一日と向き合っていた。わたしと若者が次から次へとタバコを吸っているのを見て、フスは墓地を見下ろす位置にある石のベンチに腰をおろした。暗くなる前に作業を終わらせようと墓掘り人たちが母親の墓に土をかけているのを見ていた。わたしは若者と一緒に墓地の端っこにいた。三列分の墓が作れそうな広がりのある空間、青々とした芝生、突きでた丘、素敵な場所。死と隣り合わせているのが残念だ。

わたしたちはたわいもない話をした。参列してくれたひとたちが、前夜のうちに注文しておいたコーヒーとブリオッシュの出されるビストロで自分を待ってくれているのはわかっていた。それでもわたしはまるで何事もなかったようにこの若者と一緒にタバコを吸っていたかった。この一日が終わったことに安堵して、つつがなく過ぎたことに満足して。そもそも何を恐れていたのだろう？　埋葬の日に何が起こりうるのだろう？　それでも、とにかくホッとしていた。そして、これからわたしの人生のリズムを作っていくことになる、むなしくもあり不可欠な質問を頭の中で思い巡らせていた。今夜、子どもたちに何を食べさせようか？　日曜は何をしようか？　冬物の服はどこにしまってあるのだろう？

妻が亡くなってからの数週間、わたしたちはル・ジャッキーをはじめとする親しいひとの家にひっきりなしに招かれた。妻が闘病生活を送っていた三年間は別として、その前でさえもこれほど招待されたことはなかった。ありがたいことだったが妻にとっては不憫《ふびん》に思えた。長々と続いてやがて良い雰囲気のなか美味しい食事へと移行していくアペロ（夕食前の軽いパーティー）の時間、こうした楽しみを妻はそれほど味わったことがなかった。とはいえ楽しいはずのアペロもこうなった今は、話題が尽きないように、言葉がすらすらと途切れることなく出てくるようにと気遣っているうちに、みんなすぐに疲れてしまうのだった。否が応でもいつかは話題にのぼる辛い時間をすこしでも遅らせようとしていたのだ。そろそろ妻のことを話さなければならないと感じると声をひそめて、子どもたちがおとなの話を気にせず遊びに集中しているかを確認した。すでに繰り返してきた話を再び持ちだして、また喉を湿らせる。アルコールが効いてくるのを待ちながら、一瞬の沈黙を置いてから、すこし愉快な話に戻る。テレビで見たくだらないこと、前夜誰かが話していた気の利いたジョーク、そしていよいよお開きにする時間がやってくると、陽気な調子で終えるのだった。その後、夏休みがやってきて、みんなすこしずつバカンスを取った。わたしはフスとジルーをルクセンブルクのサッカークラブに登録した。モーゼルの近くのグレーヴェンマハという街に近いキャンプ場のログハウスに落ちついた。朝、二人をクラブに連れていき、トレーニングの様子をしばらく見てから近くの森をぶらぶらした。元気のある日は自転車で出かけたが、妻の病気がわかってからは、転んで怪我でもしたら大変だ、誰も世話をするひとがいなくなったら子どもたちがかわいそうだ、という不安が常にあった。キャンプ場はしゃれていて、ワイン街道巡りをするドイツ人がたくさんいた。彼らとは朝晩の挨拶を交わすだけで、わたしたちは家族三人の時間を楽しんだ。子どもたちはサッカーに明け暮れた一日について話をしてくれた。やっつける側とやられる側がいて、どうしてケンカになってどんなふうに終わったか。フスとジルーは中立だったが、寄せ集めのこのチームには派閥があった。ルクセンブルクから来た子どもたち、メスとティオンヴィルから来たフランス人の子どもたち、そして地元の子どもたち。激しい摩擦が起きると、ジルーのような最も幼い子どもたちがとばっちりを受けることになった。ときにはヒートアップして、弟に手を出されるとフスはゲンコツで殴りかかることもあった。幼い頃からずっと仲良しの兄弟だったが、母親が死んでしまったあとはさらに絆《きずな》が強くなった。わたしたちはゆったりとした時間を楽しんだ。子どもたちは一日を終えてぐったりしていたけれど、腰かけてジュースをすすったり、笑わせあったり、キャンプ場のほかのひとたちの様子を眺めたりしながら三人で長いこと一緒にいた。好きな食べ物、FCメスの歴代の最高の選手十人、これまでで一番怖かったことなどのリストを作って遊んだ。そして笑い転げた時間のベストテンも。このリストには必ず妻のある話が入っていた。スパゲティーの鍋を持っていた妻が足を滑らせた夜のことだ。ユーロヴィジョン（ヨーロッパ最大の国別対抗音楽コンテスト）のあの日のことは三人ともよく覚えていた。テレビの前で食べようと決めて、彼女は生放送の始まりを見逃すまいと急いでいた。いったいどうやってひっくり返ったのか、スパゲティーボロネーゼの入った鍋が妻のからだもろとも床に投げだされた。たっぷり三十分かけて四人で拭き掃除をした。ジルーは、こんなふうにからかったら母さんが怒るかなと心配そうだったが、そんなことないよと言って彼を安心させた。親子で楽しい夜を過ごしているのを見てきっと満足してくれているはずだと。すると抜け目のない小僧っ子たちは夢中になって、母親の滑った様子をこと細かに話し始めるのだった。二人そろって立ち上がり、母親の格好を真似て、片足を空に向けて高く持ち上げて見せ、転びながら母親が口走ったこと、パスタがどこまで飛び散って、どんなところにまで落ちていたか、わたしに話して聞かせるのだった。キャンプ場のテーブルに腰かけている息子は二人ともかわいかった。フスはすでに背が高くてやせっぽちで、ジルーはぽっちゃりしたからだで頬もふっくらとしてまだまだ子どものままだった。二人はモーゼルを背にして座っていて、わたしの目の前には世界で最高の景色があった。闇に包まれつつある丘からハリケーンランプに照らされた子どもたちの潑剌《はつらつ》として屈託のない顔とを、わたしの視線はいったりきたりした。この晩、そしてそれに続く日々も本当に幸せだった。過ぎゆく時間をしみじみと味わっていた。妻が旅立ってしまってから三ヵ月が経っていた。日々の計画を立てて段取りをしてそれをこなしていくことなど自分にはできないのではないか、まともに向き合えないのではないかという恐怖は消え去り、三年前からすでに漠然と抱えていた不安はなくなっていた。ひどいことを言うようだが、常に待ち受けている病院通い、長い夜、日曜から解放されてすこし楽になったのだと思う。すこし楽になった。わたしがこんなふうに言うのを彼女が聞いたらどう思うだろう。とはいえ本当のことだし、バカンスらしいバカンスを過ごすのはこのときが初めてだった。わたしは何度も子どもたちをルクセンブルクの街に食事に連れていった。城壁に沿って散歩をして、そのあと小さなレストランに入った。客であふれかえっていて何時間も待たされて、腹をすかせきった子どもたちは待ちきれずにイライラしたが、巨大なステーキと山盛りのフライドポテト、皿の四分の一を占めるジャガイモのピュレが出てくるとこれ以上最高のものはないのだった。本当に幸せな二週間だった。ただ一つ悔やまれるのは、もっと早くに、妻が生きているうちにしてやれなかったということだ。彼女はあまりキャンプが好きではなく南に行きたがったが、「でも国鉄《SNCF》の保養所だけはごめんよ」というわけで二年に一度だけ出かけた。懐《ふところ》の事情もあった。キッチンが終わったらテラスの修理をしなければならなかった。彼女の病気が見つかると旅行はしなくなったので、三年以上、バカンスをとっていなかったのだ。だからこの年は頭を空っぽにすることができた。朝、子どもたちをトレーニングに連れていき、午後四時になったら迎えにいく、それ以外は自由な時間だった。バカンスが終わろうとしている数日前に保線区の同僚がキャンプ場に姿を現したのには驚いた。同僚はみんなわたしの居場所を知っていて、傾いているケーブルを早急に修理するための人探しでわたしのところにやってきたのだ。「稼げるぞ。全部残業代扱いだからな。チーフからいずれ恩返しがくるぞ」「子どもたちと一緒なんだぞ。明日が最後のトレーニングだし、免状も渡される。試合もあるんだよ、おれは行けないな」ところがフスはわたしよりおとなだった。「心配すんなって。免状なんてうそっぱちだし、ジルーはルクセンブルクのやつらにうんざりしてると思うよ、だって、あいつらジルーに意地悪だしさ。今夜発《た》てるならそれも悪くないよ」そこでわたしたちは豪雨に打たれながら二つのテントを畳んだ。まともに目を開けてもいられず、道具を片付けるのに四苦八苦で、ジルーは車の中に待機させることにしてフスと二人で持ち帰れるものだけは持ち帰ろうと頑張った。帰路は時速五十キロメートルで運転しながら、激しい水しぶきのなか、わたしは終わろうとしているバカンスの瞬間を味わっていた。そして毎年これを繰り返すぞと心に誓った。ところがそう決めた矢先、その翌年のバカンスには出かけられなかった。行きたくなかったからではなく、夏休みに入る数週間前にジルーが骨折してしまったせいだった。キャンプ場での日々を強制するわけにはいかないと判断してテレビの前でバカンスを過ごした。その年はオリンピックが開催されていた。朝に夕に、わたしたちは中継に見入った。フスはスポーツ解説をするパトリック・シェーヌになりきり、ジルーはネルソン・モンフォール（フランスのスポーツジャーナリスト）の真似をしてみせた。最後の決勝戦まで観て夕方の五時頃に寝て、深夜一時頃に起きだして観戦した。飽き飽きするほど映像を観ていたけれど、深夜になると三人はまた忠実にテレビの前に集まり、フランス人のメダルの数を示す憎々しい電光掲示板の数が動くのをジリジリしながら待った。どうか一個でもピカピカの飾りを獲得しますようにとすべての競技に熱狂していた。

やがてフスが家族より友だち同士で出かけることを好む時期がやってきた。まずはモンペリエ、翌年はスペイン。わたしはこの仲間があまり好きではなかった。家に遊びにくることもなかったので彼らのことをよく知らなかったし、わたしが目にする限り、とにかく気に入らなかった。彼らはこの界隈《かいわい》の若者ではなく、目の玉が飛びでそうに高価な小型のバイクでやってきた。いったいどこでそんな金を見つけるのだろうと思った。服装も、彼らの着ている迷彩服も良いと思ったことは一度もない。短く刈り込んだかつての落下傘兵風の髪型も。それでもフスには敢えて言おうとしなかった。スペインに出かけたときには、息子が仲間の世話になって恥ずかしい思いをしないようにと、ある程度の金額を工面してフスに渡した。夏休みが終わって最終学年に上がると、フスは毎日その仲間たちと会うようになった。周辺の女の子たちには目もくれなかった。学校での成績はほぼ回復していた。彼はその前年から技術科で勉強していて、学校から渡される成績表はそれほど悪くなく、高等教育に進まないのが悔やまれるほどだった。わたしを不安にさせていたのは、フスが日に日に口数が少なくなっていくことだった。すこし会話をすることがあるとすれば土曜の朝、一緒に買い物に行くときだけだった。日曜はサッカーとテレビ、平日は暇さえあれば自分の部屋にこもっていた。二人は仲良しではあったが、弟とさえ一緒に過ごす時間が目に見えて減っていった。「ジルー、ゲームしようか？　フリーキックやろうぜ」というフスの声はめったに聞かれなくなった。ジルーは気にしている様子はなく、ぬいぐるみのクマのように無邪気に成長を続けていた。兄さんのことで何か気になることはないかと訊いても、「何もないよ、いつもと同じでおもしろいよ」と答えるだけだった。が、わたしにとってはまさにその点が気がかりだった。息子のフスは以前のようにおもしろくなかった。もう以前の彼ではなかった。妻が亡くなる前の辛い時期でさえ、彼はもうすこし明るかった。わたしは息子を観察したが、何をするにも陰鬱さが感じられた。そして日曜のサッカーでは相手ボールのカットの仕方がますます激しく、抜け目なくなっていった。ジルーと先に食事を始めているときに帰宅することもしばしばで、フスは完全に心ここにあらずだった。「こんな時間まで高校にいたのか？」「いや、ダチといた。ジルー、おれの皿をくれないか？」ジルーは皿を渡すだけでは満足せず、立ち上がって兄のために料理をよそった。レストランのギャルソンがするように必要なものすべてをお皿に盛って、そして電子レンジで温めた。ジルー、彼はいつもこうしていた。兄さんのために自分にできることがあれば、面倒どころかむしろ喜びなのだった。わたしの記憶の中には、ずっと以前から変わることなく、帰宅したフスを見つけてパッと顔を輝かせるジルーの顔が残っている。日常のちょっとした奇跡。フスが上着を脱ぐか脱がないかのうちに、ジルーはその日起きたことをこと細かに兄に向かって話して聞かせた。フスが十四歳になるまでそれはずっと変わらなかった。それ以降はあまりしゃべらなくなったが、ジルーの、兄さんと顔を合わせたときの嬉しそうな様子は同じだった。フスのほうはますます距離を置くようになっていたが、それでも弟に二言三言返そうと努力をしているようには見えた。もちろんケンカをすることもあって、それも一度や二度ではなかったけれど、それでも最高に仲良しの兄弟だった。

わたしの人生はあまり運が良いとはいえないけれど、お互いを想い合う二人のはしっこい子どもがいた。どんなことであろうと何か起こればすぐに相手のために駆けつけるような二人が。

バカロレア試験のあと、フスは技術短期大学に入学した。妻が生きていたら喜んだかどうかはわからなかった。技術短期大学、いいじゃないかとみんなは言った、しかし、そこで勉強してエンジニアになれるのだろうか？　その保証はない。必死に勉強しなければならないだろう。情けないことに、メスの技術短期大学の試験に落ちたとき、心底わたしはホッとした。自分のもとを息子が去っていくのを見る心の準備ができていなかった。彼はわたしたちと一緒にいるのがよかった。あまり話はしなくなっても、わたしにはフスが必要だった。ジルーとふたりきりになってしまうのがずっと怖かった。自分には一人で面倒をみる自信がなかった。近場の技術短期大学のレベルがあまり高くないとしても仕方ない。

その晩、フスの学校からの帰りはそれほど遅くなかった。夕食どきには帰宅していた。テーブルにナイフやフォークを並べてトウモロコシのガレットを温めた。弟と一緒にそうするのが新しい習慣になっていた。パンを食べなくなって、その代わりがトウモロコシのガレットだった。二十個入りの袋を買ってきて、十分に柔らかくなるように電子レンジで温めていた。「フス、そのスカーフ、何?」とジルーが訊いた。「スカーフじゃないよ、バンダナさ」今度はわたしがそのバンダナとやらを見て目を疑った。「フス、その十字はなんだ?」「父さん、知らないよ、仲間が貸してくれたただのバンダナだよ」「フス、もしおまえが知らないなら教えてやる、ケルト十字だ！　ケルト十字だよ！　クソッ、フス、いつからファシズムのものなんか身につけるようになったんだ？」「落ち着いてよ、父さん、フーリガンのバンダナだよ、ファシズムじゃないよ。イタリアのラツィオの、北側ゴール裏に陣取るやつらのだよ、彼らの身の証《あかし》みたいなもの。友だちのバスチャンが集めてるんだ」ジルーは何も言わずにわたしたちのやり取りを見ていた。彼もわたしと同じように考えていたのだろうか？　彼も、兄さんはおかしなやつらと付き合っていると思っただろうか？　フスはバンダナをポケットにしまった。表向きは穏やかに食事を続けた。「明日の晩は仕事のあと支部に行く。父さんの帰りは待たないでいいから」「心配ないよ。問題なし」フスとジルーは言った。二人はだいぶ前から一緒に来ないようになっていた。幼い頃、妻が病気になる前は、みんなでビラを配っていた。自転車に乗って、「一つの郵便受けに一枚、名前が複数書いてあったらその分だけ入れる。でも郵便物であふれていたら無理に突っ込まない、地面に落っこちても何にもならない。それに、社会党は散らかしに来やがるなんて言われたくないからな」そこで、通りの片側をわたしが担当しているあいだ、二人は反対側の家を代わるがわる受け持って郵便受けに押し込んではペダルを踏んでわたしより先に終わらせた。ビラが隙間にうまく入らないときの二人の笑い声やブッブッ言う声が聞こえた。妻が病床に伏せるようになり、わたしが医者から医者へと渡り歩いて疲れ果てているときでも、息子たちは二人だけで一丁前のおとなのようにビラ配りをしていた。

教会にまた行きたいと思うひとのように、わたしは時折、支部に戻る必要を感じた。たいしたことはしていなかったが、自分は数少ない古株の一人になっていくのだろうと感じていた。残念なのはますますこの支部が孤立していくように思えたことだった。左翼の集会とはほど遠くなっていた。中には金持ちをこき下ろすより共産党員を潰すことにエネルギーを費やす者がいるような気がした。おれたちの闘いはどこにいったんだ？　ラ・リュシエンヌのお菓子を囲んでくどくど繰り返すだけ。一度、ヴィルリュプトの共産党員たちを招いてアペロを企画したことがあった。彼らは十二人ほどでやってきたが、我々は七、八人、いやそれも怪しくて、わたしは車を出して、そうでもしなければ来ない年寄りたちを迎えにいった。一杯飲んで、こんな状態では立ちゆかなくなる、若者を味方につける努力をしなければと言った瞬間、このあたりでは唯一の若者であるジェレミーにみんなが一斉に目をやった。労働歌の「インターナショナル」を、民衆は賃金しか望んでいないという歌詞で終わる四番までみんなで歌った。これが何かの役にたっただろうか？　そうは思わない。愚かな発言が聞こえてきたが、わたしはとり立てて話題にしたくなかった。ヴィルリュプトにはケバブの店がありすぎて自分たちがどこに住んでいるのかわからないほどだという男の発言から始まっていた。それが住民に何か影響を与えているのだろうか？　アラブ人は誰の居場所も奪っていない、わたしたちは足を踏み入れることもない小間物商や手芸材料店を営んでいるだけ。ショーウインドウを破壊されたり真っ白にペンキを塗られたりするのを彼らが望むはずがない。ケバブの店があるということは、このあたりで暮らしている者がいることの証だった。この話の口火をきった男がほかの男に、こうした店がおかしなやつらを惹《ひ》きつけてたむろさせるんだと言った。あいつらは醜く、救いようがない、モスクのビラ、安っぽいネオンに照らされた手垢のついたベタついたテーブルもうんざりだと。ああ、多分、そうなんだろう。その辺のやつら。おまえみたいな、おれみたいなやつら。金さえあればほかの土地に行って別のことをしていただろうけれど、でも選択肢はそうあるわけじゃない。わたしはそう考えたが口には出さなかった。その男に向けてジェレミーがやんわりと、あなたの口にしているのはくだらないことばかりだ、ルペンに同感している暇があるくらいならほかにすべきことがたくさんあると諭《さと》しながらこの不穏な空気を変えようとするのを静観していた。「若者が必要なんですよね？」とジェレミーがその男に訊いた。「ケバブの店にはいっぱいいるじゃないですか！　顔は気に入らないかもしれないが、おれたちが進歩できるとしたら彼らと一緒に、なんです。アラブ人だろうがそうじゃなかろうが」ジェレミーは若い頃からいつもこうして喜ばせてくれた。わたしたちをふるい起こす術《すべ》を知っている。ひとをバカにすることなく、腐りきった雑多なものに閉じこもっているわたしたちに刺激を与えてくれていた。ジェレミー、彼には才能がある。ほかの者が帰っていったあと、一杯やろうとジェレミーを誘った。家に寄ってほしいとは思わなかった。息子たちには彼と一緒にいるところをあまり見られたくなかった。モンタナという店の奥の席に陣取った。支部で話題にのぼったケバブの店のこと、仲間たちが口にした危険な指摘、どうしてこんな状態になってしまったのか。バカなことは口にしたくなかった。彼も言葉を選びながら話しているようだった。お互いに失望させ合うようなことはしたくなかった。ジェレミーは、彼の両親は愚かな年寄りに成り下がってしまったといって家族の話を始めた。最後の最後に解雇された父親。両親は生まれ故郷に戻るべきか迷っていたが、彼らにとっては乗り越え難いことに思えた。家の借金の返済はほぼ済んでおり、家族手当とジェレミーの母親の教育助手としての賃金があればあと何年かはやっていけそうだった。すでに彼らがそうだったようにこれからも引きこもって暮らしていれば。長々とあれこれ話した末に、ジェレミーはやっとのことでフスの近況を訊いてきた。毎日のように午後を一緒に過ごしていた友だちについて何も知らずにいるのは辛いことだったろう、それが見てとれた。お互いの両親は生涯の友となると信じて疑わなかったくらい仲良しだったというのに。ジェレミーが気を遣いながらこの話題に触れようとしているのが感じられた。すると彼がふいに妻の思い出を口にした。彼女のやさしさ、家に迎えてもらうたびに覚えた喜び。ジェレミーは彼女の葬儀の日はどこにいたのだろう？　妻が亡くなる前の数ヵ月の間、彼はフスに連絡していたのだろうか、それともそのずっと前から友情にひびが入っていたのだろうか？　ジェレミーは覚えていなかった。友だち同士でいられなくなったのがいつだったのか、その日を特定できなかった。ある日突然、自分自身をどこか卑劣に感じたのだという。彼はそのことでかなり苦しんでいたはずだが、もう一度友情を取り戻そうと奮起するところまではいかず、ただムズムズしていた。いずれにしてもフスが悪いのだった。フスはあの一味とつるむことしか考えていなかったのだから。この晩、ジェレミーは想像していた以上にことが複雑だったと知った。アモス（メスにあったビール醸造所）のマークが入った古びたコースターの上で、自分のジョッキをくるくると回して、模様にぴったり合わせようとしていた。友情が失われてしまったとジェレミーは言った。わたしは慌てて言った。「そうだな、そんなこともあるよ、気にするな」

店のオーナーが助け舟でも出すように店内のテーブルを拭き始めた。彼がわたしたちのテーブルに来たのを機に話題を変えて、ある意味、別のシーンに移行することができた。ジェレミーはパリのこと、この翌年に控えていたパリでの勉強について話し始めた。まるで口から出まかせを言っているような話し方だったので、恥じているのかと思い、わたしは彼にもういっぺん話をさせた。「そんなに慌てるなよ、時間はあるんだから。もっとちゃんと話してくれよ。聞きたいよ」そこで彼は丁寧に案内でもするように細かく説明を始めた。シアンスポ（パリ政治学院）。入学に至るまでの骨の折れる道のり。学校選択に関する面談のあいだに構内の廊下ですれ違った良家の子女たち。

迷い。最初の一年はドイツ人と一緒にナンシーで勉強するという分別ある道があったが、結果的に彼は国立行政学院《ENA》という大勝負に出ることにした。フランス全土でたったの四十人という狭き門。「大臣になりたいのか？」わたしにはそれしか口にすることが見つからなかった。この若者とはまるでレベルが違う。煩雑で微妙な道のりを説明するために払ってくれた努力に見合う人間じゃない。ついさっきまで一緒に支部にいた、のろまで不器用なやつらとたいして変わらない。それでもジェレミーは寛大だった。彼は続けた。「大臣、さあね。大臣官房の職員っていうのはあるかもしれない」これがジェレミーだ。次元の異なる者にもわかるような話し方ができた。相手がばかなことを言っても自分がインテリすぎることを見せなかった。彼は笑みを浮かべて言った。「ただ、自分のやりたいことにしては名前がちょっとダメなんだよ。弱っちいっていうか。いっそ、ケヴィンだったら、ね、名前を聞いただけで金持ちでもないしたいした教育も受けてないってわかるでしょ。どんな将来が待ってるか予想できる。つまりケヴィンって名前だったら国立行政学院《ENA》に果敢に挑もうなんてそもそも思わない。でも、ジェレミーってさ、なんでもない、雑種みたいな名前なんだ」わたしはなんと答えていいかわからなかった。そんなことは考えてみたことさえなかった。

宵闇が忍び込んでいた。店のオーナーはテーブルからテーブルへと移動して、ケチャップをボトルに、塩・胡椒を小さな瓶に補充していた。つまらなそうな仕事、客の気を紛らわす動き。オーナーは目の端でわたしたちを見ていたが、邪魔に思っているのではなく、ただ自分の店ですべてがうまくいっているかどうかに関心があるだけだ。ジェレミーがまたパリの話を始めていた。彼の出会った若者たちは野心と確信に満ちて、振り子時計のような勢いで人生を駆け上っていった。不満は口にしない、逆だ。「それこそがこの土地で欠けていることなんだ」と彼は言った。「教師たちからして、おれたちのケツを叩いてくれるひと、パリへと押しやってくれるひとがいない。つまらない成功で簡単に満足してしまうひとばかりだ。パリで出会った彼らと比べておれたちが特段劣っているわけじゃない、ただ信じる気持ちが足りないだけなんだ。こうした世界が存在することさえ知らないんだから」ジェレミーがジルーのことを念頭に置いて話しているのかどうか、それはわからなかったが、もしフスが乗るべき列車を見過ごしてしまったのだとしたら、ジルーはまだ間に合うのではないか。ただし、そのためには機を摑《つか》む必要があった。

村の静けさに心地よく包まれていた。時折、丘陵を車が走り抜けると、その音はレダンジュの町に着くあたりまで聞こえてきた。それ以外は何も聞こえない。オーナーはラジオを消して厨房《ちゅうぼう》の食洗機を回し始め、わたしたちに目を配り続けていた。彼のビストロはモンタナという名前がついていても、アメリカの長距離トラック運転手のレストランを真似てバカげた赤いネオンでバーの上を飾っていても、何かを主張するには白熱灯が白すぎて安っぽく、村の単なるバーに過ぎなかった。わたしはしばらく来ることのなかったこのバーに再び立ち寄るようになっていた。自分を制御できるという自信のあるときだけ。生ビールをジョッキで一杯だけ、ときには二杯、それ以上は絶対に飲まなかった。しかも、支部での集まりのあとによくあることだったが、気分の良い夜にしか足を踏み入れなかった。特に話をするためではない。長居をするためでもない。そんなやつらもいるが。頭がしっかりしたまま店を出て、すぐにはハンドルを握らないでいるのは心地よかった。そのまま教会まで歩いて急な登り坂になっている小道に入り、ほぼ一キロの道のりを蔦《つた》と格闘して、その時間には閉まっている墓場にたどり着く。かなり大きな声を出して彼女に話しかけた。素敵な話を聞かせようとしていた。子どもたちのこと、二人ともどんどん成長していくこと。三人で一緒に暮らしていることを知って彼女は喜ぶだろうと想像しながら。

ジェレミーはわたしがほかのことを考えて上の空になっているのに気づいたに違いなかった。いったん話すのをやめて、そして再び口を開いた。「自分たちのためでもあるんだ、物事が変わっていくように。ここにいるより向こうのほうがもっと役に立てる」「だろうな。そうだとしても、言い訳するようなことは何もないだろう」とわたしは答えた。そしてこんなことを口走っていた。「ジルーにはきみのようになってほしいな。近いうちにあいつと話をしてやってくれないか？」ジェレミーはジルーを両親の家に連れてこないかと提案してくれた。未だにいやな思い出の残る我が家に来る心の準備はまだできていないのだと感じた。それでもジェレミーは自分の背負ったミッションに満足しているように見えた。ザイルでからだを結び合った登山者のパーティの先頭に生まれて初めて立つ者のように。

ジェレミーとジルーは何度も一緒に午後を過ごした。書物や読むべき資料をジルーに与え、グランゼコール（フランス独自の高等職業教育機関）準備課程で知り合ったという良き仲間を二人紹介してくれた。一人の青年と一人の娘、二人とも人里離れた田舎の出身だが、ジェレミーと同様に都会に出ていく準備が整っていた。ジルーに頼まれて一緒に駅まで送った娘は本当に美しかったが、その美貌と同じくらい、彼らの話すことには信憑性《しんぴょうせい》があった。彼女もまたパリを目指していた。「でも、それはワンステップに過ぎないわ」と、彼女はさらなる高みに向けて先を見据えているのだった。駅に向から数分のあいだでも話は様々なことに及んだ。未来に向けて勇みたつ女性のイメージそのものに、話題を次々と投げてきたのは彼女だった。ジルーは天にも昇るような様子だった。彼女のきっぱりとした意見、わたしと交わすピンポンのような会話にじっと耳を傾けていた。彼女はわたしと助手席のジルーのあいだから顔を出し、急停車したときにフロントガラスにぶつからないように両腕をわたしたちの席の後ろに回していた。駅に着くと「それじゃパリでね?」と言うが早いか姿を消し、ジルーが返事をする間もなく去って行ってしまった。それこそがパリというものだ。わたしたちは家に帰るまで口を開くことなくそれぞれの思いに浸っていた。

ジルーは成功を手にするためにクリスマスまでわき目もふらずに猛勉強し、ジェレミーはそんな彼をよく手伝ってくれた。教師たちと話し合い、メスやナンシーに何度も出かけていき、リセ・カルノ（グランゼコール準備課程のある公立の中等教育機関）の一般開放の授業を受けるためにパリへも赴いた。ジェレミーによれば「狭き門ではあるけれど、入り込めないことはない」らしい。建物正面の前庭では、アラゴン、ギュスターヴ・エッフェル、そのほか多くの卒業生たちの銅像に迎えられた。彼らのノートやコピー、軍人手帳を展示したガラスケースがずらりと続いていた。こうした一連の展示の真ん中に、ギィ・モケ（一九四一年、ナチスの集団報復で銃殺された当時十七歳のフランス共産党員）の銘板も置かれていた。学長の挨拶は天井まで届くような高い窓の部屋で行われた。特別美しいとは思えなかったが、そんなことはどうでもよく、すべてが格調高い世界を見せつけていた。どこを見渡しても、我が息子ジルーのための居場所があるとは思えなかったし、ここで自分が援助できる資金もなく、教師、生徒、警備員など、出会うひとたちに向かっておどおどしながら笑みを作っているしかなかった。彼の夢に比べるとあまりに脆弱《ぜいじゃく》だが、わたしにできるのはそれがやっとのことだった。ジルーはカフェのテラスに腰をおろすや笑いながら言った。「浮かれてはいられないね。まずは年末の試験を乗り切って合格点を取らないと」わたしは金の匂いのするその地区を見渡した。非の打ち所のないファサード、目に入る誰も彼もがきちんとした身なりで忙しそうにしていた。家でも売らない限り、この辺りでジルーの住まいを見つけることなどできないのではないかと思えた。寄宿舎にはほんのわずかしか部屋がなく、その希少な空き部屋をどうやって割り当てるのか見当もつかなかった。しかしジルーの言う通り、まだその心配をする段階にはなかった。しばらく沈黙があってからジルーが突然訊いた。「ねえ、フスは喜んでくれるかな?」まったくわからない、正直なところ、気分が良いわけがないと思った。それでもあまり考え過ぎないようにしたかった。「ジルー、あいつはいつも弟のおまえのことを誇りに思ってるよ。週末はパリに呼んでやればいいじゃないか。おまえが家に帰ってきてもいいし。列車代は割引きがあるんだから、好きなだけ帰ってこられるさ」ジルーを納得させられたとは思わなかったし、自分自身も腑《ふ》に落ちたわけではなかった。でもそこでやめておいた。列車の時間が来るまでジェレミーが勧めてくれたケ・ブランリ美術館で時間をつぶした。

フスは気持ちよく出迎えてくれた。食事を用意し、部屋もきれいに片付けてあった。弟にどうだったかと訊いて、「ル・パリジャン」とわざと嫌味を言ってからかった。テーブルに着くやジルーが自分の将来についてあれこれ話し始めた。すっかり調子に乗って分別を忘れて、まるですでにパリに暮らしているような口ぶりだった。とはいえ、今回が初めてのことなのだからこの場を興ざめさせることもないかと思いながらも、それでもわたしは手放しで一緒になって喜べる心境とはほど遠く、「まあまあ、先のことだから」と言い続けた。フスはいつもの「スッゲーな」を繰り返して話に相槌《あいづち》を打っていたが、どのくらい信じていたのだろうか？　何を言ってもジルーが一人で盛り上がっているあいだ、フスはコップやナイフやフォークを手でもてあそんでいた。サッカー選手の移籍市場のことをフスがメルカートと呼んでいたが、まさにそれが現実のものになっているようだった。つまり、弟が翌年パリのベンチに腰かける、そして自分は家にとどまる。フスを不憫に思い、ジルーの屈託のないおしゃべりが耐えられなくなって、そろそろみんな寝ようと声をかけた。奇妙な一日だった。矛盾だらけの考えに振り回されながら、期待すべきことには一つも考えが及ばず、自分がどこにいて何をしているのか路頭に迷っているような気分だった。

警告してきたのは支部のル・ベルナールだった。「なあ、五分くらいいいか？　話したいことがあるんだ。昨日、仲間と一緒に保線区の周辺を回ったって知ってるよな。メーデーのビラを貼ってたら、線路の先に極右のろくでなしどもがいたのさ。あいつらのジャンヌ・ダルク（国民連合党首のマリーヌ・ルペンのこと）のためにペタペタやってたよ、橋の下や転《てん》轍《てつ》操作場まで続く壁一面にな。おれたちは距離を置いてた、向こうも同じくらいの少人数で態勢としてはどっちもどっちってとこかな。誰も敢えてケンカを売りに行こうとは思わなかった。ル・ミミルもロミネティもすでに帰宅したあとで、こっちも最強ってわけじゃなかった。正面にいるやつらもどっちでもいい感じだったからけなし合うだけにして、で、そのあとは待機してた。二時間経った頃にあいつらのビラの上に貼ってやろうと思って戻った。そのまたあとで今度はあいつらがおれたちの仕事を台無しにしてるだろうけど。それが現実さ、どうすることもできない」ル・ベルナールが何を言おうとしているのかわからなかった。わたし自身はビラを貼りに出かけなくなって久しい。こうした問題はすでに達観していた。最終的に貼るのはどちらなのか、それはゲームのようなものだ。それぞれにそれぞれの砦《とりで》があって、支持する党のビラしか見たくない場所がある。他党の地区を自分たちのビラで埋め尽くしたときは、その仕事に満足して、わざわざ翌朝に確認しに行くようなこともある。「おれがちょっと気になったのはな」とル・ベルナールは続けた。「あいつらと一緒にぶらついてたフスを見た気がするんだ。フスだったたって確証はないけど、おまえの息子と同じような歩き方で背格好もよく似てた。仲間は気づかなかったが、おれにはほぼそうだってわかった。背中にならず者の顔がでかでかと付いてるブルゾン、フスじゃないか？」「さあ、かもな、いや、違うだろう」わたしの口からもごもごと出たのはそれだけだった。ル・ベルナールはあっさりと続けた。「心配すんな。若気の至りってやつさ。ただタイミングの問題だな。おまえもおれたちの気性はよく知ってるだろう、たとえ仲間の息子だって、ためらわずに食ってかかっていくつまらないやつがいるからな」そしてわたしの背中を力強く叩きながら、「ガキたちの考えがこんなに変わっちまうとはな、ほんと残念だ」と言って締めくくった。フスは二十二歳で、もはやガキではなかった。ファッショに混じって何をしているというんだ？

その晩フスに訊いてみると、何も知らないと言った。ただ友だちについて行っただけ、ビラ貼りに行ったのは初めてのこと、どんな感じなのか見たかったのだという。父親平手打ちを食らわすか、殴り合いをするか。その晩、フスと顔を合わせる前に、父親として息子にすべきことを頭の中で反芻《はんすう》していたというのに結果的には何も起こらなかった。まったく何も。想像したことの何一つとして起こらなかった。わたしにはもう骨の折れる仕事を一身に引き受けられるほどのエネルギーも気力もなかった。その晩、自分はなんと意気地がないのだろうと思った。老いぼれてしまった、とも。長いこと庭を眺めていたのを覚えている。本当に美しかった。叩きつけるような豪雨が去ったところで、果樹の葉には真珠のような水滴が残っていた。そのすぐあとにはまた深夜の雨が予想されていた。もっと突っ込むべきだったのに、話をしただけで叱りつけることさえしなかった。「どうしたらそんなことができるんだ？」フスに問うと、彼はこう言うにとどめた。「父さんが考えているようなことじゃないよ」わたしが何をどう考えるというのだ。それからフスは逆に質問をしてきた。「ビラを貼りに行かなくなってどのくらいになる？　支部でおやつを食べるだけになってから？」わたしはそれには答えずに、人種差別をするようなやつらとつるんでなんとも思わないのかと訊いた。「彼らは人種差別派じゃないよ。それは昔の話だよ。いずれにしてもおれの仲間は人種差別主義なんかじゃない。おれや父さんと同じだ」「いや、人種差別じゃなければ、移民に対抗しているんだろう」とわたしは補足した。「ほかの国から移住することに反対してるんだよ、父さん、移民に対してじゃない。移民が騒ぎを起こさない限りは、敢えて干渉しようとはしないよ」つまりは、普通の人々というわけだ。さらにわたしを説得しようとして、改めて言った。「いい仲間だよ。父さんが思っているようなやつらじゃない」フスはテーブルの端っこに腰かけていた。わたしが缶ビールを二つ取りに行って、横に座って仲良く一緒に飲み干すのを期待していたかもしれない。わたしは窓際の隅っこ、彼の背中の側にいた。ジルーが帰ってこないか見張っていた。こんな有様を見られるのがいやだった。フスは穏やかな声で続けた。「信じてもらいたいんだけど、彼らも労働者側なんだ。二十年前だったら父さんたちもみんな一緒だったと思う。彼らはパリの本部が発信していることなんてほとんどどうでもいいと思ってる。興味があるのは地元のことだよ。この土地をダメにしたくないのさ。彼らは行動してるよ。ヨーロッパのバカげたことにもう飽き飽きしてるんだ。金はパリからもらうけど、この辺りに配ってる。たとえばこの前の土曜日は、空き巣に入られた年寄りの家に行って必要なものを一から十まですべて補充してきたよ。父さんの気にいるかどうか知らないけど、ひとはそういうことを軽蔑はしない、むしろ喜んでくれるよ」こうしてわずか十分足らずで、極右と付き合うことの根拠を説明してみせた。どうしたら自分の息子が正反対にいることを甘んじて受け止められるというのだろう。マクロン側でもなく、最悪に愚かな野郎どもの側だ。ナチのガス室存在否定論者の仲間、ゴミクズだ。フスは落ちついていた。わたしに説明する日がやってきたことに満足しているようだった。自分が何を言っているのかよくわかっていた。愚かなことを点滴のように注入され続けてもにこにこしている、まさに偏った考えに洗脳されたやつら。わたしは恥ずかしかった。これからはこの事実を背負っていかなければならない、それこそが最も厄介なことだった。何をしようが、何を望もうが、事実は事実。息子がファッショとつるんでいた。しかも、わたしの理解する範囲では、息子はそこに喜びを感じていた。めちゃくちゃだ、大混乱だ。妻が知ったら皮肉っぽくブラボーと言うだろう。フスは立ち上がって言った。「何も変わらないよ」

それからの数週間は仕事をのぞいて外出はしなかった。フスとできるだけ顔を合わせないようにしていたが、いつもそううまくいくとは限らなかったし、それに、ジルーもいた。食事のあいだはにこやかにしようと努め、議論にならないように気をつけていた。わたしたちの代わりに話をしていたのはジルーだ。反論もせず意見も言わず、わたしはただ曖昧にうなずきながら、なぜこんなことになってしまったのだろうと自問していた。ファッショと付き合っていながらどうしてこれまでずっと愛してきたものを愛し続けられるのだろうか。フスは母親が亡くなってからずっとそうしていたように、彼女の好きだったジャン・フェラのCDを聴いていた。あいつには詩の意味がわかっているのか？　「自分の予言を実現するためにコンピエーニュから去って行ったデスノス」（詩人のロベール・デスノスはレジスタンスにかかわり強制収容所に送られた）どうしたらフスは未だにこの歌詞を口ずさめるのか？　今ではデスノスを列車に無理やり押し込んだ者たちの側にいるというのに。とはいえ、わたしは言いたいことを飲み込んでいた。一度だけ、フスに黙れ、と言ったことがあった。ジルーはわたしをじっと見て、そして兄にほほえみかけ、目配せをして言った。「年寄りは今夜は機嫌が悪そうだね」幸いなことにジルーにはわたしの怒っている意味がわからなかった。よかった。

　わたしの頭の中ではすべてのことがこの一件に結びついてしまった。とはいえ、フスが言ったように生活は何も変わらなかった。スタジアムにフスの試合を観にいく習慣も続いていた。一味と連れ立って出かけるときには、これ以上わたしのことを傷つけまいとするようにこっそりやっていた。寝取られた父親に気遣いでもするように。年末の試験前には何週間も家にいて勉強していた。わたしはいつかこんなことに終わりがくるのを待ち望んでいた。ある晩フスが「自分でも何が起こったのかわからないよ」と言ってわたしのところに戻って来るのを。一時的に信じたものを手放すときを。一緒に支部に行く日が再び来ることを。フランス労働組合の黎明《れいめい》期を生きた末に強制収容所に送られ、赤旗とフランスの三色旗の下に葬られた大叔父、ローランの墓参りにも一緒に行きたかった。しかしこうしたことは何も起こらなかった。逆に、フスはまた外出し始めた。

一度、一味の一人が我が家の扉のベルを鳴らした。ドアを開けたのはわたしだった。善良そうな顔。普通の身なり。礼儀も申し分ない。わたしは彼を中に入れて、一言二言言葉を交わした。そうする以外は難しすぎてやりようがなかった。おそらく、挨拶の握手もしたと思う。反射的に。彼は庭を褒めて、両親の趣味が庭いじりで自分も時々手伝うのだと言った。このときわたしに何ができたというのだろう。彼をすでに中に通してしまって、すこし話もして、それで彼を怒鳴りつけるなんてできないだろう。逃げだすこともできなかった。フスは自分の部屋からなかなか出てこなかった。わたしはフスの友だちを再び観察した。健康的でスポーツマン風。努力することを知っている、意志の感じられるまっすぐな眼差し。悪意などまったく感じさせない。自分の子どもの友だちとして望むタイプの青年。フスがやっとのことで出てくると、仲良し二人はそろって長々とわたしに挨拶し、腕をとりあって出かけていった。レンタルに違いない、ピカピカの小型トラックに乗って。

その日は一日中この若者について考えていた。彼が暗闇の中アラブ人を追いかけていって殴りかかるところを想像しようとした。できなかった。ましてやそんなことをする自分の息子の姿をイメージするなど無理だった。そうはいっても二人は一緒に何かしらしているはずだった。ファッショにふさわしいことを。そうでなければ何をするというのだろう。わたしはそれを絞りだそうと考えを巡らせてみたが、何も思い浮かべることはできなかった。すべては天使のような顔の上を滑りさっていった。

その晩フスは帰宅すると、いつもはそのまま部屋に直行するところ、キッチンにいたわたしの横に来て、「ユーゴーだよ」と言った。「両親はベレール川近くの集落に住んでる」まるで、これで安心しただろうとでもいうように。大部分がきれいに修繕された労働者たちのささやかな住宅が集まっている一帯だ。駅からもそう遠くない。同僚のラルマンが若い看護師夫婦に自分の家を売ってしまって以来、そのあたりの住人を誰も知らなかった。「感じのいいひとたちだよ。庭がすごくきれいで……」「知ってる。おまえの仲間から聞いた」わたしは遮って言った。フスは「あ、そうなんだ、それはよかった」と言うにとどめた。わたしはがむしゃらにニンジンをおろし、サラダボウルに頭を突っ込むようにしてこの作業に集中していた。そのユーゴーについてもっと知りたい、話を続けたい、ユーゴーと午後何をしてきたのか話してほしいという気持ちと、数週間前から続いていた冷ややかな態度を崩さずにいたいという思いのあいだで揺れていた。フスはからだを硬直させて押し黙ったまましばらく突っ立っていた。わたしが胸の内を開くのを待っていたのだろうが、その晩はちらりともそんな空気にはならなかった。そこでフスは食洗機の中の食器を片付け始め、ちっともきれいになってないじゃないかと毒づいた。彼の言うことは外れていなかった。数ヵ月前からわたしはこの出費をしぶっていた。フスは汚れの残っている食器を手で洗い直し、乾いていない食器を丁寧に拭いてすべてをきれいに片付けると、やることはやったとばかりに、二人でいる場を切り上げてキッチンから離れていった。わたしはといえば、ほんのわずかしか言葉を交わしていないのに、大仕事をやり終えたようにドッと疲れを感じ、言い争うことなく一緒に暮らすだけでも悪くないと思っていた。

彼の友だちのユーゴーとその仲間は、土地の古い家具、タンス、どっしりした黒い戸棚などを収集しては、再び販売するために修繕していた。古い塗料を研磨で削り落とし、白鉛を塗り、なんとかまともなものにしていた。今ふうのトープ色やどぎつい緑色の塗料を塗ったものもあった。そのほとんどが飛ぶように売れたが、買い手のつかない家具はそのまま貧しい者たちに譲っていた。こうしたことはすべて、遠隔で兄のしていることを追っていたジルーから聞いていた。フェイスブックで見る彼らはとても楽しそうだった。上半身裸で板材と格闘している様子が見られた。アトリエはありえないほど雑然としてビールの空き缶が散乱し、判読不能な落書きが壁を埋め尽くしていた。タバコを口にくわえた者もいた。長髪やポニーテールにしていれば、かつての我々の時代のＭＪＣ（青少年文化会館）を見るようだった。ただここでは耳の上までしっかり刈り上げたスタイルだ。写真には二、三人の娘が写っていたが、ぞっとさせるのはむしろこの彼女たちの存在だった。アトリエではたいしたことはしていないようで、足には汚いどた靴、アーミー風のパンツ、男もののタンクトップを着て、仕事台に腰かけて、男たちの仕事を眺めているだけのようだった。尊大さと憎しみがにじむ顔。とはいえ彼女たちの存在など、ほかのものに比べたら微々たるものだった！　フェイスブックのページは、わたしにはさっぱりわからないラップの言葉が延々と続いており、ことさら、正真正銘の白人ではないすべての人々を「やる」「かまを掘る」コメントがずらっと並んでいた。アラブ人のすぐあとに続くユダヤ人とゲイはまだましな扱われ方だが、すべての投稿に果てしない絵文字がくっついているのを見て、それほど重大な影響をもたらすことはないのだろうと想像していた。時折、パリの本部から指を差されるのをいやがる地元のカポ（他の受刑者の監督を任された受刑者）や調停者たちの、表現を慎むようにといった警告らしき投稿も見られたが、全体の印象としてはひどく不愉快なものには変わりなかった。いずれにしても、ジルーは兄についてすべてを知っていたのだ。兄がファッショと付き合っていることをジルーには気づかれないようにしようなんて、わたしはまったくもって単細胞だった。「なあ、知ってるだろ？　父さんはフスにやめるように頼んだんだよ」「うん、知ってる。でも、別に何にも変わらないよ」ジルーは素っ気なく答えた。つまりジルーもフスと同じ。反対しているのはわたしだけなのだった。「こんな状況になってショックを受けるとか何にもないのか、兄さんがあんなやつらとつるんでいることに困惑しないか？　おまえもあいつらと同じ考え方をしてるのか？」「父さん、フスは違う。仲間はちょっと極端かもしれないけど、でもフスは、兄さんは相変わらずいいやつだよ。それに彼らがしてることって、古いものを回収して修繕することでしょ。悪いとは思わない。誰も強制されてやってるんじゃなくて、土曜日に没頭することを持ててるんだよ。そこらのカフェにたむろして過ごすよりマシじゃない」「しかし、兄さんに、道を誤っているって言いたくないのか？」わたしは譲らなかった。ジルーは口癖のように「心配すんなって」と言った。いったいどんな信頼がジルーの心に棲みついていたのだろう。放蕩《ほうとう》息子の復帰をどんなふうに考えていたのか、わたしにはわからなかった。「心配すんなって」

こうして新たな局面に入り、そのまま数週間が過ぎた。家具の修復のアトリエに加えて、フスは自宅から十数キロほど離れたところにあるしゃれた界隈で時間の許す限り仲間たちと一緒に仮住まいをするようになった。どんな圧力をかけたのか知らないが、ある農夫が彼らに譲ったらしい。猫の額ほどの土地のようだったがそこに小屋を建てて司令部として使っていた。周りにはボードとシートメタルで簡単に補強したテントがいくつかあった。わたしはジルーに頼ることなく、フェイスブックを定期的にチェックしていた。いつも同じ顔ぶれだった。彼らのしていることは不法占拠と似ていた。無断居住にありがちな、苦しい環境の中の楽しみが生まれているようだった。彼らはかっこいいデッキテラスまで自分たちで作り、そこで一杯やっていた。ジルーは言った。「ほら見て、政治的なことなんてどうでもいいんだよ。関心があるのは、こういうこと、みんなで一緒にいることなんじゃない」確かに、こうした写真を見る限りにおいては、余計なことを考えなければ、そして彼らのページにちりばめられた気分の悪くなるコメントを読まなければ、すべてがうまくいっているように見えた。

ペンテコステ（聖霊降臨を祝う六月の祝日）のすぐあとの火曜日、ジルーはグランゼコール準備課程に進むための複数の合格通知を受け取った。ジルーは寝室からかけ降りてくると言った。「OKだよ」「何がOKなんだ?」バカロレア試験のことばかり気にしていたわたしは準備課程の結果発表の日が頭から抜け落ちていた。「来年だよ。これで自由にどこでも選べる。寄宿舎つきのメスのファベールと、それにパリのカルノも。でもパリのほうは寄宿舎はキャンセル待ちなんだ。かなり長いリストだから、ぼくのところまで回ってくるとは思えないけど」そして続けた。「でもさ、合格させておいて部屋は自分でなんとかしろだなんて信じられないよ。なら、田舎の生徒は受け入れなきゃいいのに。どっちにしろ、ファベールにしようと思う。メスだって上等だよ」わたしはジルーの言葉に同意して、愚かにもとっさに「好きにするといいさ」と口にしそうになった。窮地を救ってくれたのはフスだった。「ふざけんなよ、ジルー」とフスは言った。「高いところを目指せ！　パリに行くチャンスがあるんだから、パリを選べよ。父さんとおれでおまえの寝床くらいどうにかするさ」わたしはフスの顔に目をやって、そして大急ぎで家から飛びだす必要があった。なぜなら涙があふれてきそうだったのだ。頭のてっぺんまで満潮になって、しなびた鼓膜がズキズキして、大きな玉のような涙がこぼれた。車を走らせながら泣けるだけ泣いて、墓地に着くとベンチに腰かけてまた泣いた。妻の墓のすぐ側ではなかったけれど、そんなことはどうでもいい、墓地にいることが大事だった。しばらくして落ち着いたと自信が持てたので、誰もその理由はわからなかったのだがなぜか墓地の奥の奥に設置されている水道のところまで行って長々と頭に水を浴びた。墓に飾られた花の手入れをしながら歩いていた小柄な老婆が、目の端っこでこちらを見ていた。むくんだ顔と濡れた頭で彼女を怖がらせたに違いないが、遠目でもお互いに知り合いだとわかった。家に帰るのが不安だったが、実際は何も変わっていなかった。夜は穏やかだった。それなりのことを話すだけの、見せかけのリズムにフスとわたしはまた戻っていた。その晩わたしはジルーに一言だけ訊いた。「どうした？　パリに決めたのか？」「うん、ありがとう」ジルーはあっさりと答えた。

　この月はこれまで経験したことのないような強風の日が続いた。風と洪水。何もかもをこっぴどく端っこに押しやり、下へと流した。フスは彼らのキャンプ場が長いこと浸水していたため、家に戻っていた。ある朝、わたしに言った。「ジルーのパリの部屋を探さないと。バカンスに入る前にやらないと、新学期が始まってからだと遅すぎる、部屋がなくなっちゃうよ」彼の言う通りだったが、ずっと後回しにしてきた。漠然とではあるけれど国鉄《SNCF》の運転士に割り当てられる宿舎はどうかと考えていたのだ。だからといって予約の手続きをしたわけでもないのだが。フスは続けた。「今週末、ジルーと一緒に行けるけど。土曜の夜は仲間の部屋に泊まれるから。広告をかたっぱしから見て物件を回ればどこか見つかるよ」フスとはもうまともに話をしなくなっていたので、口に出して返事はしなかった。こんな場合には、彼の言うことを必ずしも正しいと認めることなくアドバイスに従うようにしていた。それはもう自然なことになっていた。ずいぶん前からずっとこんな調子だった。フスがわたしに話しかける、言うべきこと、あるいは訊くべきことを口に出す。会話が必要なときはフスとわたしが面と向かうことにならないようにできればジルーのいる前で。そしてわたしは自分のすべきことをした。理解できなかったり、文句を言う必要があったりした場合はそれをジルーに伝え、ジルーからフスに伝わるようやりくりした。もしくは何もしないでいた。こうして状況を悪化させていった。

　アパート探しについては何も言わずに二人を行かせた。バカロレアが終わって初めての週末だった。大家を安心させられるものはすべて彼らに持たせた。給与明細、国《SN》鉄《CF》の社員証明書、妻が病に伏せる直前に開いたときからまるでこれこそが最も大事なものだといわんばかりに綿密に溜《た》め込んできた銀行口座の入出金明細まで。しかし二人はなんの成果も得ずに帰ってきた。そして翌週の週末も出かけていった。七月半ばまで同じことを続けた。わたしも行ったほうがいいんじゃないかとジルーに訊いたが二人は口をそろえて言った。「心配すんなって。いつかは見つかるよ」フスもジルーもさっぱりとヒゲを剃《そ》り、髪を整えて、小ぎれいな格好をしていた。二人の好青年。毎週土曜の夜にこの二人を泊めている例の仲間というのはいったい誰なんだろうと気が気でなかった。ジルーに自白させようとあの手この手を使って尋問したが、ほとんど顔を合わせないのでよく知らないという曖昧な答えしか返ってこなかった。ジルーは兄と過ごすこの週末を楽しんでいた。目的の住まいが見つからなくても晴れやかな顔で日曜の夜に帰ってきた。フスも同様に陽気だった。まるで冷戦状態であることを忘れてしまったように、帰宅するなりわたしに向かって、微に入り細を穿《うが》ち話して聞かせた。わたしは無言のまま彼の好きにさせておいた。すると数分も話し続けた挙句にふと思いだしたように口をつぐむのだった。ファッショの部屋に、それも国民連合にどっぷりと浸かっている若者の家に泊めてもらっていると知ったのはあとになってからだった。新学期のための部屋がやっとのことで見つかったとき、口を割ったのはジルーだった。フスは弟に陰謀を暴くことのないようかなりのプレッシャーをかけていた。ビラや、殴り合いに備えて武器を保管してある事務所兼用の部屋に彼らは寝泊まりしていたのだ。このときもまた、わたしは怒鳴りつける以外何もできなかった。怒りが喉まで込み上げていたのに、手は出なかった。悪夢の中にいるように不発に終わった。何度もフスの頭、首、震え続ける大きな喉仏を見て、そのたびにフスを取っ捕まえたいと思った。やるべきことはわかっていた。自分の手をどこに置けばいいのかも。フスのTシャツの両側の裾を摑み、一気に襟まで持ちあげて首を絞め、生地を使って息を詰まらせ、同時に自分のひざでフスの股間を固定して壁に押しつけ不動にさせる、すべてできたはずだ。やり方は知っていたし、ほかのやつらに対してやってきたことだった。だが、何もできなかった。両腕は下がったまま。怒りは頭の中にとどまり、そのあと丸ごと喉を通り抜け、呼吸を荒くしたが、そこから先はどこへも行こうとしなかった。それどころか足はたるみきって、腕は動きを禁じられたようにだらんとしていた。そこでわたしはその分、声を振り絞って喚《わめ》いた。それならまだできた。二度と弟をそのクソみたいな話に巻き込むんじゃないと怒声を張り上げた。おまえの母親に顔向けできないと言って怒鳴った。理不尽で汚い言葉を吐けるだけ撒《ま》き散らした。フスはわたしを恐れることもなしに見ていた。立ち向かってくることもなく。むしろ、どうしたのかと心配でもするような表情で。わたしの息が切れ、卑劣な言葉も出尽くし、フスを罵倒し終わると、彼はただこう言った。「ほかに方法を見つけるのは難しかったんだよ、わかるだろ？　最低でもジルーの部屋は見つけられたんだから。家賃もそんなに高くないし、学校からも遠くないし」臆病者として逃げださないために、フスはわたしが怒りをすっかり吐きだし、何も言うことがないのを確かめてから部屋を出ていった。ジルーには何も言わなかった。彼を恨んだが、新たに戦闘開始するだけの元気がなかった。そんなことをしたところで何になるだろう？　それに、確かにパリの部屋の問題は片付いた、それは大切なことだった。

　フスは父親に暴露したジルーに対して不満を覚えるわけでもなかった。逆に、ムキになったように、弟がパリに引越したら当面必要になるようなものを日に日に持ち帰るようになった。フロアスタンド、書斎用のランプ、使い道のわからない器類。どれも高価なブランドの、まさに贈り物というにふさわしいもので、テルヴィルの街にある店で研修で得たお金を使って買い物をしているようだった。フスはジルーに流行りのＴシャツとジーンズも何着も買ってやった。「トップクラスの集まるクラスでおまえだけ田舎もんみたいな格好すんなよ。ジルー、おまえはロレーヌの代表なんだ、頼むからこれからはブカブカのジョギングシューズとスーパーマーケットのマークのついたＴシャツは週末だけにしてくれ」フスに対する怒りは収まることはなかったが、彼のこうした熱狂ぶりをわたしは一歩引いて見ていた。ふと、フスがこうして弟を甘やかすのは、わたしに見せつけるためではないか、ホロリとさせるためではないかと思ったりした。繊細で勘の鋭いジルーはわたしを気遣って兄への感謝はたった一度にとどめていた。

八月、それはこのあたりでは最高の月だ。ミラベル（ロレーヌ地方名産のスモモ）がたわわに実をつける季節。午後五時頃の光は一年を通してもっとも美しい。黄金色で、力強く、蜂蜜のようで、それでいてさわやかさに満ちている。ほんのすこし緑と青の色味を帯びていることで、すでに秋の気配が感じられる。この光、これこそが我々を象徴するものだ。美しいが、長くは続かない。すでにその先にあることを告げている。八月には到底かなわない、駆け足で寒くなっていく日々を。ロレーヌ地方では小春日和の日はめったにない。夏のイタリア北部の光のようだと言うひとが多い。わたしは一度も訪れたことがないけれど、そう信じたい。しかしこのほんの短い期間、九月の新学期を迎える前の二週間の、一日のうちでもことさらこの時間はイタリアの光をやすやすと上回る美しさだと誓っていい。外でアペロを楽しめる最後の日々の光。みんなが幸せだ。ル・ジャッキーはひっきりなしに遊びにこいと誘ってくれた。「夏のあいだ一度も子どもたちと一緒に会ってないんだぞ。なんかむくれてんのか？」家で起きていることが恥ずかしいあまりに、彼の家に行けない言い訳をできる限りこねくり回してきた。しかしル・ジャッキーはそれまで以上に執拗《しつよう》に誘ってきた。どうすることもできなかった。彼はいつでもわたしたちを助け、深刻なときにはいつも寄り添ってくれたではないか。そこでわたしはフスとジルーがいない日の夜を選んで彼の家に行った。

「一人で来たのか？」彼は訊いた。「ああ。子どもたちと予定を合わせるのはちょっと大変だったんだよ。二人からよろしくとのことだ」「そうか、用意し過ぎたな。リブをたんまりと買っておいたんだが。仕方ない。残ったのは持って帰るといい。明日、子どもたちに食べさせてやれよ。最高にうまくなってるぞ」ル・ジャッキーはかつて病院で調理をしていたことがあったせいか、食料というのは大量に作るものでしかないのだった。豚を丸ごと一匹調理できる大人数用のバーベキューセットも自分で作ってしまった。火を燃やすたびにひと袋分の木炭を食い尽くす器具を使い始めるまでにたっぷり一時間はかかったが、彼らのテラスに腰をおろしているのは気持ちよかった。物事をすこし違った角度から見るのは心地よかった。石をたくさん配したロカイユスタイルの彼の庭は、結果的にそんなに悪くなかった。この二年前に、こんもりと咲いていた花々を一気に取っ払ってしまったとき、ル・ジャッキーは「手間がかかりすぎるんだよ、わかるだろ」と言った。わたしには理解できなかった。土曜日ごとに彼は近場の丘に石灰岩を探しに行っていたが、この鉱脈探しにわたしも手を貸した。基礎固めの石は一つが五十キログラムもの重さだった。いつでももっと積めると欲張って、自分の車をそのためにダメにしてしまいそうなほどだった。庭に小さな丘を作ろうとせっせと取り組む彼の姿を見ていても、わたしには何が良いのかわからなかった。以前は夏のあいだは紫陽花が咲き誇っていたが、今は花屋から配達してもらう虚弱な花ばかりで何も感じさせなかった。いろんな場所から寄せ集められた値段の張るやつだ。しかもすぐに萎《しお》れてしまった。しばらくすると、石のあいだからアザミやタンポポが生えてきた。よくよく眺めるとアザミは美しい。同じものは一つもなくて驚かされるばかりだ。全体の姿は優美とはいえないが、繊細な表情をしている。

わたしは自分の顔にフスへの心配がありありと出ているのではないかと気になって、

スッキリしてしまいたくて、慌ただしく一部始終を打ち明けた。ことの顚末《てんまつ》を話しながら、ふと、彼らが誰に投票しているのかも知らないことに気づいた。この種の話は一度もしたことがなかったのだ。わたしは頭の中で彼らは左派だと決めつけていたが、考えてみれば支部で会ったこともなければ、どんな目的のものであれデモで彼らを見かけたこともなかった。ル・ジャッキー、彼は庶民だ。奥さんも、大学は卒業しているが同様に庶民だ。気取りがない。彼らの両親もこの土地の生まれだ。工場で働いており、農民ではなかった。たとえ夜間授業を受けていたとしても、チームの責任者になったとしても、ル・ジャッキー、彼はわたしにとっては労働者そのものだった。そうはいっても二人の気持ちが国民連合に傾いていないとは言い切れなかった。いずれにしても、彼らはこのフスの話にそれほどショックを受けなかった。「ル・フス、あいつはル・フスのままだよ。いいやつのままさ」と彼は言った。そして、国民連合がすべてにおいて間違っているわけではない、といったようなちんぷんかんぷんなことを口にした。そこまではっきりしていたかどうかはわからない。「だからっておれが言いたいのは……」とか「……とは思わないほうがいい」とか、ややこしいフレーズで言いたいことを曖昧にしていた。わたしもあまり問題を掘りさげたくなかった。息子のことだからわたしの気持ちをすこしでも楽にさせようとしてくれていたのか、彼が本当にあのバカどもにもわずかでも真理があると思っているのかわからなかったが、そんなことで頭を悩ますために呼ばれてきたのではなかった。どちらにせよ、あっという間に夜は更けた。わたしたちは何かに誘われるようにして別の話題に移っていった。

九月のはじめ、ジルーをパリに引越しさせなければならなかった。フスと道中を共にして、ジルーの部屋に三人そろって寝るということがわたしにはどうしても考えられなかった。そこでジルーとわたしの二人で車に荷物を詰め込んで出かけることにした。荷物が多くて、フスをどうするかという問題の入り込む余地もなかった。しかし内心ではよくわかっていたし、息子たちも同じだった。昔だったらなんとかして三人で出かけたはずだと。最悪でも、フスには電車で来るように提案して、パリに着いてから落ち合うこともできたはずだ。考えてみると、自宅以外の場所で三人一緒に過ごす時間がなくなってからだいぶ長い歳月が経っていた。それでも、どんなに頑張って良い方に考えてみても無理だった、完全に不可能だった。ジルーのほうからわたしに懇願することもできただろうが、ジルーもこの点については押し黙ったままだった。こうしてわたしたちは出発することになった。フスはまるでふだん通り弟の頬にキスをして、ジルーの座った助手席側のドアのすぐ横に立っていた。わたしが車を発進させるとフスはチャップリンのようにおどけて車の横を走る真似をした。ジルーは兄から目を離さなかったが、一旦通りに出てしまうとすぐに違うことを考えているようだった。わたしはといえば、バックミラーに映るフスから目を離さずにいた。一戸建ての並ぶ小道を通り過ぎたあとも、集落の出口を越えてからも。直立して、誰を非難することもなく弟に手を振り続けるフスをわたしはずっと見ていた。フスはこれでいいのだと現実を受け止めながら、わたしたちが荷作りを始めた朝から、いつかはわたしが考えを変えるのではないかと期待しながら、このお祭り気分を台無しにしないようにと最後の小道まで精一杯努力し、愛想よく振る舞うことをやめなかった。後部座席を埋め尽くしている荷物の一切合切を地面に投げだし、なんとかスペースを作って、三人そろってパリまで車で行けるように荷物を積み直すこともできたはずだ。三人で出直すのを妨げるものなど何一つなかったはずだ。それでもわたしはアクセルを踏み続け、どんどんスピードを上げて高速に入った。A4号線に入り、料金所を過ぎてたっぷり二十分は走ったところでやっと心の中でつぶやいた。「やれやれ、終わった」と。そして「なんてこった。なんて人生だ」と。

平日にフスと二人きりで顔を突き合わせることになる九月を、わたしは前々から恐れていた。毎週土曜の午後にジルーが帰宅し、月曜の朝から学校に戻れるように日曜の夜に駅まで送り届けることは決めていた。パリとは離れていても今ではTGVがあるのでそれは可能だった。ジルーは土曜の午前中は四時間の筆記試験があり、こちらに戻ってくるといっても午後の三時だった。わたしもフスも話したいことがたくさんあってジルーを奪い合うような気持ちだった。フスは弟の顔を見て、ほんの一時間ほどで何から何まで話をさせてからでないと出かけていかなかった。ジルーの野太い声が家具に反響し、平日のあいだはほとんど口をきくことのないこの家に活気の戻る瞬間をわたしもフスも待ちわびていた。話題はあふれるほどあって、週末の二回の食事のあいだも尽きることはなかった。とはいえ日曜の夕方にはすでに週末のこの楽しみは終わってしまうのだった。ジルーが夕食のテーブルにつくことはなかったので、電車の中で食べられるようにサンドイッチを作って持たせていた。

ジルーは早くも勉強についていけず四苦八苦していると告白した。わたしはすぐさまジェレミーに助っ人を頼もうと考えた。結局のところ、ジェレミーもこの時点で猛勉強しないと乗り切れない状況だった。新学期が始まってからは彼もジルーのように毎週土曜日に実家に戻ってくる習慣がついており、二人が同じ列車に乗り合わせることもしばしばだった。我が家に久しぶりにやってきたジェレミーの姿を目にしたフスの顔を見て、わたしはついに息子にとどめを刺し、愚かな行動のツケを払わせることができると思えた。かつての幼なじみはぎこちない挨拶を交わした。ジェレミーは食堂のテーブルにつくなり、自分で用意した講義用のプリントをせかせかと広げながら、次々とジルーに渡していった。ジルーはジェレミーの横にぴったりとくっついて彼の言葉に聞き入っていた。フスもわたしもすぐさま自分たちは蚊帳《かや》の外だと感じた。フスはかつての親友が弟に説明するのを聞きながらその場に残っていようとしたが、ジェレミーが弟のことしか眼中にないとわかって何も言わずに出かけていった。十五歳の少年のように小型バイクを荒々しく発進させる音が聞こえた。このときフスは例の一味に会いに行く正当な理由があると感じていただろう。ジェレミーには毎週土曜の五時に家に来てもらうことになった。ジェレミーとジルーは情報交換をし合いながら一緒に勉強していた。はじめのうちはジェレミーからの一方通行に思えたが、すぐにジルーが理解し始めたのが見てとれて嬉しかった。ジェレミーは遠慮していたが、何度か誘ううちに夕食まで残ってくれるようになった。食事中はまずは勉強の話に始まり、パリの様々な話題へと移っていった。パリですべきこと、観るべきもの。フスは話したいこともあっただろうがすべて腹の中に収めて、顔色ひとつ変えずにただ聞いていた。興味を示そうとしたり、できるときは質問を投げたりもした。二人は彼の問いに答えた、それは問題なかった、しかし、フスはそこにいなくてもよかった、というか、いなくても同じことだった。

二週に一度はメスにサッカーを観に行った。サッカー、それだけはフスのチームだろうがFCメスだろうがニュートラルでいられる場所だった。一緒に行く習慣は続いていた。応援しているチームがゴールを決めるとみんなで喜んだ。ただ、応援しているフォワードが点を入れたときに興奮して思わずフスの腕に飛びついてしまわないように、フスのすぐ隣に腰かけることだけは避けていた。そんなことがあってもおかしくなかったし、あったとしてもたいしたことではなかったし、フスもわたしと同様、それが何かを意味するとは思っていなかった。熱狂しているときは一時停止のようなもので、それ以外の状況を左右するものではないとわかっていた。味方チームのセネガル人の選手たちがゴールを次々と決めていき、神のようなスキンヘッドのル・ルノーはグラウンドを輝かせていた。わたしとフスは、居られる場所にとどまっていた。つまり、もはや話をしなくなった、ほとんど口をきかなくなった二人ではあったが、いつも同じ観客席に陣取った。運河に面した席、いつの時代にも一番チケットの安かったゴール裏の席。最初は屋根さえついていなかったのを覚えている。ゴールの上、ラ・オルダ・フレネティクと名付けられていた観客席の残骸。というのもここはその前の年、ラッキールーク（西部劇もののバンド・デシネの主人公）気取りで相手チームのリヨンのゴールキーパーに向けて爆竹を放った頭のおかしいやつのおかげでサポーターたちは使えなくなっていたのだ。ラ・オルダは我々サイドの居場所、いや、今ではわたしだけの居場所だった。ファッショのやつらは正面の高速道路側のメインスタンドの席にいるべきだった。遠征試合のときなど、二派に分かれた観衆はアウェイサポーターと同じパーキングを使わなくてはならず、殴り合いになることもあった、悲しき民族だ。とはいえ、パリで起こりうることとはまったく関係ない。ジェレミーはそんなにサッカーが好きというわけでもないのに、時間が合えば一緒に観戦しに来てくれた。彼のために席を取って、試合の終わりにビールとスタイン風サンドイッチをおごってあげるのが嬉しかった。四人でとる食事と同じように、三人の青年に囲まれるのは、フスとの問題があっても変わらずに大切にしたい時間だった。すべてをダメにしたくないという気持ちから、なんとか自制しつつこの問題と向き合っていたかった。きっとこうした瞬間には妻が寄り添ってくれて、これでいいのよと応援してくれていたのだと思う。彼女だってわたしの立場だったら同じように振る舞っていただろう。それに、何度も繰り返しこうした時間を重ねているうちに、ジェレミーならフスの考えを変えられると期待していたのも事実だ。

パリの話が尽きると、自然とほかの話題へと移っていった。ジェレミーはフスの問題について知らなかった。いずれにしてもわたしの口からは息子の付き合っている仲間について触れたことはなかった。ジェレミーはパリの大学に進学するとすぐさま社会党本部のあるソルフェリーノ（現在の本部はイヴリー＝シュル＝セーヌ）の社会党青年部からアプローチされて、新たな団結に向けたミッションを託された。それがどんなものなのかよくわからなかったし、彼の話しぶりによると彼自身にとっても明瞭とはいえないようだったが、時折、テレビ画面で見かける有力者と出会ったりするということだった。ジェレミーの役割、それは若者たちがどのように組織を作っているのか、なぜ団体には若者の存在が少ないのかを理解することだった。ジェレミーはある土曜の晩、この件について話し始めた。インターネットで人材を集めているミクロ構造について興奮しながら語った。蝶々と同じくらいはかない、十人から十二人くらいのグループだと。無駄話はなし、運営参加によるデモクラシー、具体的なアクション、朝に決定が下されると午後には実行に移される。ジェレミーによればパラダイスだ。彼は得々としてしゃべっていた。しかしパラダイスがあるなら当然のことながら地獄もあった。ジェレミーは、極右に多少なりとも関わった結果、本人たちが思う以上に誤った道に入り込んでしまう若者たちの存在について話し始めた。その若者たちも大きな牽引力《けんいん》となる主要パーツに入り込もうとはせず、暴力に取り憑《つ》かれているだけの地元のちょっとしたグループに属していた。彼らの活動の種類はフリーファイトと呼ばれるもぐりの試合からネオナチのコンサートまで様々だが、どれも刹那的な喜びに傾倒しているものだった。ジェレミーにとっては最悪で忌々《いまいま》しいことの極みだった。「それに比べたら、国民連合の若者やＧＵＤ（極右の学生グループ）なんて、ほとんどお役人みたいなものだよ」フスは黙って聞いていた。彼は耳を傾けることを心得ていた。以前からずっとそうだった。ひとの話に割って入ろうとは決してしなかった。逆に、相手を見つめているだけで、話しているひとのエンジンをかけ直すことができた。たとえそのひとが一息つくため、あるいは咳《せき》払いをするために話を中断しても、フスは口を開くことをしなかった。この晩、ジェレミーは休みなく話し続けた。たっぷりと一時間はファッションの世界について語った。まるでテレビの番組でも観ているような気分だった。ジルーは兄の反応をチラチラと窺っていたが、何もリアクションはなかった。ジェレミーが話しているあいだにフスがしたことといえば、腰かけたままテーブルの上にあった食器を片付け始めたことだけだ。一枚の皿に残り物を集め、その皿が一番上になるように重ねて、母親に教わったようにフォークの下に交差させるような形でナイフをすべり込ませた。ジェレミーの話の邪魔をしないように一つ一つの動作に注意を払いつつ、手を動かしながらも視線はジェレミーからそらすことはなかった。「発表」が終わったかと思われたときになってやっとフスは立ち上がった。それも信じられないくらい時間をかけて、ジェレミーがまだ付け足したいことがあるならすぐにでも座り直す準備ができているといった感じで。フスはビールを手に戻ってくるとこう言った。「何もかもパリのバカげたことだな。おれたちには関係ない」そしてビールの小瓶の栓を片付けて、つまみを取りにいった。フスがカーリー（スナック菓子）を手にテーブルに戻ってきたときには違う話題になっていた。フスはいつでも、というかことさら食事のあとに弟と一緒にこのカーリーを貪るようにして食べていた。極右に関する話題がこの日を限りに一切口にされなくなったのを見ると、ジルーがこのあとジェレミーに兄のことを説明したに違いなかった。

うまくいっていないと自覚しながらも、どうにかこうにか暮らしていた。平日は二人で、週末は四人で。月曜から金曜まではフスとわたしはまともに話すことなく伝えるべきことだけ伝えて、あとは息をつめてじっとしていた。足の置き場が残っているところにおそるおそる足をつくという状態だった。なんとか我慢して暮らしていくために欠かせない点には注意を払いつつ。夜勤が続いて仕事がきつかった時代のように、朝晩の挨拶と、家を切り盛りするための必要な指示だけ。「出かけるときは鍵をル・ジャッキーの家に置きにいってくれ、明日、彼が道具を取りにくるから」「今夜は買い物してくる」と伝えても、「何かほしいものはあるか?」とはもう訊かない。フスから「今夜は外で食べるから待たないで」と言われるとホッとして、週末まで待つことなく一日稼げたような気分になって、自分を愚かに感じつつ両膝に皿を載せてテレビの前で一人で過ごした。まるで舞台の上で演技をしているようだった。距離を保ち、同じ廊下ですれ違わないように、出かける時間、帰宅のタイミングを調整していた。バスルームの小さな洗面台の前に所狭しと集まって、押し合いへし合いしながら歯を磨いていた時代はもう終わっていた。わざと邪魔し合ったり、触れ合ったり、やさしく小突き合ったりしながら手っ取り早く皿洗いを済ませていたのは過去のことになってしまった。今ではわたしたちの動きは用心することがたくさんありすぎて重苦しく、ぎこちないものになっていた。余白をたっぷりと残しておかなければならなかった。一人が入ってくる前に、できれば、もう一人が出ていって場所を空けられるように。ずっしりと重い潜水服でも身につけて忌々しい放射能ゾーンの上でも歩いているかのように。

そうはいっても、怒りは鎮まっていた。それはわかっていたがそれでも受け止めたくはなかった。夜になると妻と話をした。彼女はわたしと長男が家の中をうろうろするのを見ていたけれど、わたしに向かって、もう水に流しなさいという声は聞こえてこなかった、本当に。もし妻のそう訴える声が聞こえていたら考えを変えていただろう。彼女でさえこの問題は切り抜けることができなかった。わたしと同様に、怒りは消えても、恥は拭《ぬぐ》いきれなかった。最初に感じたように、他人の目が問題なのではなかった。この一件を知っているひとたちはそれほどショックを受けている様子でもなかった。恐れていたことは何も起こらなかった。ほかの家族とはちょっと違う息子が一人いるだけ、みんなすんなりとそんなふうに受け止めているようだった。あるいは、そのふりをしていた。フスは麻薬依存症でもないし、この界隈を怯《おび》え上がらせるような下劣な行為をしているわけでもなかった。みんなにとってはそれで十分だった。ただ、フスは変わったのだと理解していた。だから話をするときはヘマをしないように、うっかりおかしなことを言ってわたしを傷つけないようにと注意していた。まるでフスが実はホモセクシャルなんだと告白したかのように。要するに深刻なことは何もなかった。ちょっとした気配りは必要としたものの、重大な結果を引き起こすようなことではなかった。

ほとんど毎週末のようにジェレミーを自宅に迎えた。彼の学んでいることについて聞くのは嬉しかったし、ジルーにとっても喜ばしいことだった。仕事についていないときには意気揚々としてジルーとジェレミーの二人をメスの駅まで迎えにいった。せっかくの土曜の午後の真っ最中に二人に面倒な乗り換えをさせたくなかった。遅延や故障の多いメトロロール（地方急行列車）を待つのは厄介だった。幸い立場的にそのあたりの情報をつかむことができた。すべて順調でティオンヴィル方面への乗り換えがスムーズにいったとしても、たっぷり一時間半、電車で過ごすことになる。ほとんどパリーメスにかかる時間だ。車のほうがやはり早い。わたしにとって彼らの送り迎えはちょっとした儀式のようになっていた。二人のわずかな自由時間を無駄にさせないように、決めた時間きっかりに家を出発した。夜までもつようなチキンのラップサンド、ポテトチップス、ヨーグルトドリンク、そのほかにも列車の中で腹ごしらえしてきたもののあとに食べられるものを用意しておいた。平日顔を合わせないあいだに起きたことをすぐにでも二人から訊きだしたかったが、ジルーは家に着いてフスも一緒にいるときに話し始めたいと思っているのが手に取るようにわかっていた。その気持ちを尊重していたかった。そこで車の中ではラジオでフランスアンテール（ラジオ・フランスのチャンネルのひとつ）を聴いていた。それほどハイレベルではないけれど、とんでもないアクセントでフランス語を話すケベックの人々による本の紹介番組をみんな気に入っていた。ジ

あなたの仕事に圧倒的没入感を。『デジタル・ミニマリスト』著者最新作

超没入
メールやチャットに邪魔されない、働き方の正解

カル・ニューポート／池田真紀子訳

eb5月

現代のビジネスパーソンは、メールや社内チャットの終わりなき応酬に集中力を奪い取られている。このマルチタスク地獄を脱け出すためには、ワークフローの抜本的な転換が必要だ。気鋭のコンピューター科学者が「没入する働き方」の極意を説く全米ベストセラー

四六判並製　定価2090円［24日発売］

ベストセラー神経科学者による前人未踏の脳内探訪

脳の地図を書き換える
——神経科学の冒険

デイヴィッド・イーグルマン／梶山あゆみ訳

eb5月

人が視覚や聴覚、または身体の一部を失った時に脳内ではどのようなことが起きているのか。また科学技術を駆使して脳の機能を拡張させ、身体に五感以外の新たな感覚をつくることは可能か。最先端の脳科学と人類の未知なる可能性を著名な神経科学者が語り尽くす

四六判上製　定価3190円［24日発売］

ェレミーもわたしに、そして息子たちに会うのを喜んでいるように思えた。たとえフスと一緒でも窮屈に感じる時期は過ぎ去ったようで、三人は彼らのリズムを作り、ジェレミーは来られる限り我が家に来るようになっていた。ジェレミーの家は両親がつまらないことでよく言い争いをしているようで、わたしが理解したところではより深刻な理由もあったようだ。もしわたしたちがいなければ、定期券を買うのをやめて週末もパリに残っていただろう。わたしにとっては彼らの送り迎えは新しい生きがいとなっていた。心底から有益な何かをしているという気持ちだった。シートに深く腰かけ、坐骨神経痛の様子を窺いつつちょっとしたはずみでひどいことになるのも覚悟の上で、運転しているあいだは腰のことは忘れてひたすら道に集中した。なぜならA31号線は容赦ない道、侮《あなど》ってはならない高速道路だからだ。生きて通れるか疲れ果てて死ぬか。この送り迎えの時間は、ほんのささいなこととはいえ、抜け目のないかわいい二人の成功のためにできるちょっとした貢献だった。

寒い季節に入ると陽の高い午後の時間でさえもこの道路の運転は容易ではなかった。ティオンヴィルを越えたあたりはその美しさを失ってはいないが、どこか閉塞感が漂い、路面は滑りやすく、要注意だった。厄介な数ヵ月の始まりで、そろそろ雪が降ってもおかしくないと警戒し始める頃だった。カーブはすでに用心深く曲がるようになっていたので、家に着くと心底ホッとした。いつもはフスは、車から出てくる弟をいち早く捕まえようと、ガレージで修理などしながら待ちかまえていた。犬でもここまで忠実になれなかっただろう。十一月の最初のこの土曜日、フスはいつもの場所にいなかった。本当は三十分も前からガレージでうろうろしていたのにそんな素振りを見せることなく、まるで待ってなどいなかったようにわたしたちの到着に驚いてみせる、あのわざとらしい目をしたフスの姿はなかった。ジェレミーのことは家に着く直前に彼の家で降ろしていた。しばらくしたら何かさっと食べて、メスの試合に一緒に行く約束をしていた。フスはソファに横たわっていた、めちゃくちゃになった顔で。目が一つしかなくなっていた。顔の左半分は青く、黒ずんで、皮膚は今にも破裂しそうに膨らんだ巨大な傷口でしかなかった。フスは茫然自失《ぼうぜんじしつ》してこちらを見ていた。死んでいるようだった。血を吸い込んだキッチンペーパーが散乱していた。耳の後ろからはまだ血が流れていた。胸の上で縮こまった左腕は震えが止まらなかった。両足も小刻みに震えていた。長時間の移動で頭がぼーっとしていたわたしたちはしばらく何もできずに立ち尽くした。いつもはたくましい青年が完全に打ちのめされ、変わり果てた姿で目の前に横たわっていることに唖然《あぜん》としていた。ハッとしてジルーが兄に駆け寄った。いまにも折れてしまいそうな肋骨《ろっこつ》に弟がのしかかってくるのを恐れて、フスは絞りだすような声で「待て」とだけ言った。信じられないほどの時間をかけてフスを車に運び込んだ。運転席についたわたしは感情を一切失って、気が触れた者のように車を飛ばした。

病院に向かう道はストレスだった。救急外来の入り口がどこだったか位置がわからなくなってしまい、記憶もおぼつかず不安だった。そもそも明らかに間違ってはいけないことがあった。この状況で貴重な五分を無駄にしたくなければ見逃してはならない分岐点。それがどこだかわからなくなってしまった自分を恨んだ。ひとに自慢するくらい道は知っていたというのに。フスは後部座席でうめいていた。目を覆いたくなる有様で。バックミラーで見守っていたが、見るもおぞましい姿だった。行く手にチラチラと目をやりながらバックミラーに気を取られ、こんなリズムなら当然のことだが、その忌々しい分岐点を見逃してしまった。最初に目に入った道は一方通行だったが、時間もなく、パニックに陥っていたため、かまわず入り込み、逆走して遠回りを避けた。病院に着くと、そのすこし前にジルーと一緒に二人がかりでやっとのことで車に乗せたときと同じ苦痛が待っていた。フスは後部座席のベンチシートに上体を斜めに横たわらせ、前の座席の背もたれを後ろに倒して両足を載せていた。ゾンビのようで、自ら動こうとはまったくしなかった。すこしでもわたしたちが触ろうものなら、恐れおののいた動物のようにうなり声を出すのが精一杯だった。ジルーはフスを車に乗せながら終始、すこしでもいいからからだを曲げて、と声をかけ、頑張ってと励ましていたが、フスは無力でぴくりともしなかった。病院の前ではさらに絶望的だった。ジルーは車に乗る場所がなく自宅で待機しており、わたし一人ではどんなに頑張ったところでフスを外に出すことなどできるはずがなかった。礼儀や規則にかまっている余裕がなく、救急車の入り口を塞いで駐車していたわたしに向かって、どいてくださいと喚きながら担架がやってきた。彼らにとってはフスの叫び声は恐ろしくもなんともないようだった。そうせざるを得なかったのだろうが、手荒にフスのからだを摑んだ。そのうちの一人がほとんど笑いながら言った。「ノコギリは必要ないな!」車から出されるや否やフスは意識を失った。ほかの二人は「確かに」と言いながら中に入っていった。至急の手当を済ませると、わたしは彼らからこっぴどく怒られた。自分で連れてくるなんてどういうつもりだと。こういう場合は緊急の番号、15に電話をすべきですと。説教は続き、同じことを何度も繰り返された。15、15、15。そのあとは勝手知ったる病院の時間、この光景なら知り尽くしていた。待機、白衣を着た人々が無言のまま、誰にともなく作り笑いを投げかけ、通り過ぎていく。その時点ではわたしはまだ何一つとして考える余裕がなかった。わたしはとっさに判断したことに従った。年寄りの反射神経で、呼吸困難を起こしそうになりながら、それでも危機に瀕《ひん》している息子の父親として行動した。この先のこと、後遺症、この一件が引き起こす変化についてとことん考えることもできただろうが、何もできなかった。ジルーはひっきりなしに電話をかけてきたが、彼に話すことも何もなかった。あまりに衝撃が大きすぎて嘘を言うことさえできなかった。ジルーは電話口で泣いていた。わたしも泣いていたと思う。我が息子の、フスの片目が見えなくなってしまう様子を想像し、不自由なからだになってしまう姿が脳裏をよぎった。人間というのは愚かなもので、このときわたしは、これ以上大事なことはないとでもいうようにサッカーのことを考えた。明日はこの調子だとフスはプレーをしに行けないなと。フスを人工的昏睡《こんすい》状態にしたと告げられたとき、わたしは泣き崩れ、吐けるものはすべて吐いた。立ったまま、痙攣《けいれん》することもなく、一気に、医師に視線をやったまま。金縁のメガネ、特に心配しているふうでもなく、かといって安心させられるわけでもない顔。これまでの十分な経験からこの段階では敢えていかなる診断もしない、見解を明らかにすることはないと言いたげな専門家の顔、見知らぬ顔。翌日にならなければこれ以上のことはわからない。医師たちは帰宅するように言った。夜のうちに何か起こることはないし、ここにいてもなんの役にも立たないからと。そんなことはわたしもわかっていた。こんなときのこんなケースは、思いの強さや念力でどうにかできるものではない。実際のところ、何週間も前から言葉らしい言葉もかけてこなかった自分の息子に対して、どんなことであれ何かをしてやれる希望はなかった。しかしあまりに疲れすぎていてハンドルを握ろうものなら溝に突っ込みかねなかった。そこで数時間前のフスのように、車の後部座席に横たわり、フスが寝かせられている場所の明かりを見ていた。すりガラスの向こう側で人影が動くのを観察しているうちに、今度はわたし自身が眠りに落ちた。目覚めさせてくれたのは妻だった。こんなに寝込んでしまうなんて、どれだけばかなんだ。何かを取り戻そうとでもするように病室まで走った。フスはまだ人工的昏睡状態で、腫《は》れもほとんど引いていなかった。早すぎた。病院というのはいつでも辛抱強くいなければならない場所だ。それからの一日はまさに病院らしい、それ相応の時間だった。この先何が待ち受けているのかわからなかった。病院側に何か気にかかることがあるのだけはわかった、言われなくてもわかった。ジルーはル・ジャッキーと一緒にやってきた。道中でジェレミーを拾ってきた。ル・ジャッキーは顔を見るなり、フスがこんなひどい目に遭うなんて何が起こったのかと訊いてきたが、わたしには知りようもなかった。ジルーがすでに話をしているはずだった。ル・ジャッキーはそれ以上は訊かなかった。このやり取りのあとは誰も口を開こうとしなかった。視線が合うとル・ジャッキーは、呪文か何かのように「大丈夫さ」と言った。「おれたちのフスは頑丈だからな」と付け足すこともあったが、穏やかな声で独り言でもつぶやくようだった。それ以上の話をしても何の役にも立たなかった。蘇生《そせい》室の手前の、重々しい大きな二つの扉の前にある小さな待合室、そこに四人で腰かけていた。何もすることがなく、肝炎予防を呼びかけるポスターをただ眺めていた。それぞれすでに十回は読んでいただろう。ル・ジャッキーの息遣いが荒かった。わたしが何度も帰宅したほうがいいと言うと、彼は「ばか言うんじゃない」と返事をした。できるだけ動かないように努力しても、邪魔にならないようにと気をつけても、空気は重苦しく淀《よど》んでいた。通り過ぎていく人々はじろじろと見ていった。わたしは次々と余計なことばかり考えていた。ジルーとジェレミーの列車の時間が心配で、乗り遅れないようにと頭の中で時間を逆算した。余裕はたっぷりあったが気になって仕方なかった。パリに戻るために二人とも荷物を持ってきたのか、家に取りに戻らなければいけないのか。しかし、息子が昏睡状態に陥っているというのにそんなことしか心配していないのか、頭がどうかしたのか、ほかに考えることはないのかと思われないように敢えて口には出さなかった。薄暗い小さな部屋で待っているあいだに警察がやってきた。警察は、フレデリック・シュマルツの家族かと訊いてきたが……正真正銘のロレーヌの名前だというのに残りの家族の名前はでたらめに発音した。「そうです、彼の父親です」と答えた。「それなら」と警察は言って、「あなたにいくつか質問させてもらいます」と続けた。誰が警察に通報したのか知らないが、間違いなく病院だろう。どんなやつらがこれほど散々な目に遭わせたのか知りたがった。警察にしてみれば、わたしがこうして彼を発見したという事実が無実の証拠となるわけではなかった。メスの駅に迎えに行く前、午前中は何をしていたかと訊いてきた。警察の気に入らなかったのは、わたしがフスを自分で病院に運んできたことだった。「息子のからだから血があふれでるのを何もせずに見ているなんてできなかったんです！」と答えた。「おっしゃる通りですよ、お父さん。そのために緊急番号があるんです。普通なら15に電話をしますよね」呪われた15。わたしには15に良い思い出がない。一度、妻はひどく長い時間待たされたことがあった。しかしそんなことを話したところで警察は何を理解できるだろう。15は頭をかすめもしなかったことを警察は理解できるだろうか？「なら誰がやったんですか？」警察は訊いた。わたしが知るはずがなかった。こんな状態になったフスを発見して以来、一秒たりとも考えなかった。

フスは退院の許可が出てから四日目になってようやく家に戻ってきた。フスの目については誰も見解を明らかにしようとしなかった。四分の三の視力を失っていた。良くならないという理由は何もないが、それは同時に、この状態のまま治らない確率も十分に高いということだった。目はほとんど動かなかった。そもそも目とは思えないようなもの、むしろ生命を失ってしまった何かに見えた。重油にまみれた鳥。左腕も同様にひどくやられていた。そこもまた、左手を持ち上げたり動かしたりできないのは一時的な可能性もあったが、医師たちは現状以上の望みを示そうとはしなかった。刑事から取り調べを受けたフスは、最初は何も知らないと答えていた。しかし、身に覚えがないなどあり得ない、思い当たる節がないはずないと言って刑事たちはしつこく迫った。そしてついにフスは白状した。「カノジョと一緒にいました。ぼくらのことがいけ好かないようで。前にも何回か揉《も》めたことがあって。ファシズムに対抗して《アンティ》いるやつら《ファ》です。どこから来たのか正確にはわかりませんが、多分、ヴィルリュプトだと。襲いかかってきたとき、あいつら、けっこう大勢いました」もし同じ者たちのことだとしたら、わたしが遠目で見て知っている若者たちだ。左といっても過激すぎて我々と一緒に組んで戦うことはないが、何度か活動を共にしたこともあった。ここ数十年ついてないことばかりのやつらだ。とはいえ、彼らにとっても、エコロジストにとっても、社会党にとっても、フランス共産党にとっても良いことは何もなかったが。彼らはアナーキストでもないし、労働者の戦い（極左政党）でもない。あちこちをふらついていては小さな仕事に顔を突っ込み、どちらかというと地元で活動していて、いつもドイツ人やルクセンブルクのやつらとつるんでいる。滑稽な交わり。計画も何もない。時々集合してコンサートやデモにこじつけて騒ぎを起こす。あいつらに違いなかった。支部の者でも、組合の者でもない。刑事たちはフスに告訴するよう強く勧めた。そのたびにわたしにも、なんとか息子さんを説得してくださいよと頼みこんできた。

そうするためには親子の関係が改善されている必要があったが、状況は以前とまったく変わっていなかった。

ありとあらゆる面で暮らしがガラリと変わった。フスが退院して家に戻ってきてから、考えている余裕などなかった。何もかも大急ぎで準備をし、必要な薬はぬかりのないようすべて手元に置いた。そして看護師、こちらは誰でもいいというわけにはいかなかったので、良い人を見つけだすまでに途方もない時間を使い、そして女性の看護師が毎日フスの目の手当てに来てくれるようになった。医師たちによるとフスは頭蓋にもかなりの打撃を食らっており、いつ後遺症が現れるかわからないとのことだった。だからどんなささいな反応も見逃さないよう注意して見ていた。フスがどんなふうに話し、どんなふうに歩き、どんなふうに食べるかを。確かにフスはおかしな食べ方をした。ヨダレを垂らし、飲み込むのが苦痛のようだった、しかし、それが腕のせいで全身の動きがギクシャクしているのか、それともより深刻な理由があるのか、その判断を下すのは難しかった。ジルーが家に残ると言いだしたときには怒鳴りつけた。ジルーには兄の愚かな行動のせいで人生を犠牲にしてほしくなかった。「何を言ってるんだ、ジルー、くだらないことに関わるな、おまえにはおまえの人生がある！　こんなつまらないことで台無しにするんじゃない」ジルーはわたしの言葉に納得はしなかったが、声を荒らげた父親を見てすこし怖いとは思ったようだった。ジルーは言った。「そうは言っても、ぼくの兄さんだから」それでもわたしにとっては兄弟だからといって片付けられる問題ではなかった。フスの入院以来、わたしは最重要、最低限のことに集中していた。自分のしていることについて、これでいいのか、といったことすら自問する余裕がなかった。とにかく看病をする。自分に課せられた使命から逃げだそうなんて考えられなかった。その役割を成し遂げるのに精一杯で、ズタズタにやられた息子の姿を見るのが辛いとか、これほどの悲劇の深刻さに比べたら親子の問題なんて簡単にケリをつけられるじゃないかとか、そんなことをしょっちゅう思い悩んでいるような暇もなかった。そういったレベルとは程遠かった。障がいを持つ動物の手当てでもするように、心の落ち着きを取り戻して、ひたすらフスの面倒をみる。自分の息子を傷つけられたことに対する怒りは一切なく、そいつらを見つけだして半殺しにしてやろうといった欲望も微塵《みじん》もなく、そうしたことは警察に全面的に任せようと思っていた。近隣の住民たちがぞろぞろと家の前にやってきた。人が行ったり来たりしてざわざわしていなければ来ることはない、普段はまったく見かけない者たちまでいた。この行列にはある意味、田舎らしさが表われていた。おそらく、作業中に機械に腕をもぎ取られて誰かが死んだとしても同じようだったろう。ル・ジャッキーを筆頭にみんな口を揃《そろ》えてその卑劣なやつらを見つけだそうと言ってきた。もちろんわたしの信条としては普通ならそうしたいところだったし、そいつらが裁判所と厄介なことになろうがどうでもよかった。彼らに対して特別な同情も何もなかった。が、わたしにはこの一件にフスの責任がまったくなかったとはどうしても思えなかったのだ。よってひたすらフスのからだのケアをし、ほかのことは頭から追い払うことで自分の気持ちと折り合いをつけようとしていた。フスには彼の子ども時代に使っていた言葉で話しかけた。「大丈夫か?」「ここを押したら痛いか?」そして彼は病気で疲れ果てた幼い息子のように短い言葉で答えた。友だちのユーゴーがやってきた。仲間の中で彼だけが家まで見舞いに来てくれた。「ぼくはその場にいなかったんです。何が起きたのかわかりません」まるでわたしが問いただしたかのように急いでそう言った。フスはユーゴーの姿を見てもほかの見舞いの客より顔を輝かせるようなことはなく、口を閉じたまま、まるで夢遊病者のようだった。ひとに対してよりそのときの天候に敏感に反応し、雨が降っているとブツブツつぶやき、夕方天気が悪くなるとうめき声を出した。ただ一人、ジルーが土曜に戻ってくると、ほんのすこしだけフスは無気力から抜けだせるように見えた。とはいえジルーの努力に比べたらあまりにわずかに思えたが、それでも、ジルーもわたしも、そのわずかな努力に一縷《いちる》の望みをかけていた。

法廷の傍聴席はいっぱいだった。メディアがよく働いたわけだ。弁護士は裁判をほかの地方に動かすことができず、地元のメスで行われることになった。裁判所は外から見て知っていた。スタジアムからの帰りに通る道にあって、サンジャック広場に食事に行くときにも前を通っていた。ジョーモン石（モーゼル地方産の石材）で造られた厳《いか》めしい建物で、いつの季節にも素晴らしい光沢を見せていた。もっとも美しいのは夏と秋だが冬のこの季節でもレモンの断面のようなきれいな黄色で裁判所の周囲を明るく見せていた。車の置かれていない広場は雪で覆われて、遠くにサン・カンタン山が見えた。空気は冷たかったが天気には恵まれていた。わたしは裁判所からすぐ近くの、手頃な部屋代のホテルに寝泊まりした。そもそもメスでは特に高いものもなければ、特に遠いところもないのだが。ホテルの受付で、少なくとも一週間は部屋を借りたいと言うと、「あの」裁判で来たのかと訊かれた。その通りだった。その裁判のために来たのだ。息子の裁判のために。

時間より早く着いた。弁護士は迎えにくると言ってくれていたが、彼の姿は見えなかった。当然ながらほかにすることがたくさんあったのだろう。裁判の行われる部屋は難なく見つけられた。開廷初日は陪審員を選ぶ以外はなんの役にも立たないと聞いていた。裁判長が順々に名札を引き、候補者の名前が呼ばれていった。わたしは彼らを値踏みするように見ていた。フスの味方かどうか。両者の弁護士はわたしよりずっと判断が早かった。候補者たちの考えが述べられるまでもなく、そのうちの数人は陪審団から忌避された。フスはそのピンポンのようなやり取りを何も発言することなくじっと黙って見ていた。フスはよく似合うブルーのジャケットを着て、その下には白い清潔な、というか清潔そうな印象を与えるシャツを着ていた。髪は短くしていたが切りすぎではなかった。ナチの党員のように見せる必要はないと弁護士がアドバイスをしたに違いないと思った。実際、フスは人生初のインターン先を探している学生のように見えた。わたしがよく目にする、国鉄《SNCF》に大挙してやってくる若者のような。フスの両脇にいた刑務官は悪意があるようには感じられなかった。彼らは慣れていて偉ぶった態度をとる必要もないとわかっているのだろう。そうはいっても、フスは見るも哀れだった。たった一人、被告人席のブースに入れられ、痩せこけて、げっそりした顔で、淡い黄色の広い部屋で、まるで影のようだった。フスは裁判のあいだ、一日中ここから動かない日が続くのだった。フスとは数週間前から会っていなかった。会うことができなかった。刑務所への最初の面会が限界だった。面会室の仕切り越しにわたしは声を出すこともできなかった。フスも同じだった。我が身にかけられた、我々に押しつけられたとてつもない屈辱のせいで、おまえのことなんか忘れてしまいたい、存在すらしていなかったかのように消してしまいたいと、そう伝えることもできただろうが、何もできなかった。夜はいつも、記憶の中にいる彼を抹殺しようと努めて過ごした。しかし彼はいつも目の前にいて、上半身裸で弟を抱きかかえ、ゴム製の小さなプールから飛びだして楽しそうに踊っていた。直径二メートルの小さな円形のプール、なんとも粗末なものだけれど、何年も夏のあいだずっと二人が使っていたプール。フスが食卓でふざけている姿も浮かんだ。ミネラルウォーターのボトルの栓を弟に向かって投げて喜んでいた。どちらかがインチキをしたり、水がこぼれてしまったり、栓はいつもあらぬ方向に飛んでいくものだから、そのたびに叫び声やカッとしてあげる声がした。妻の入院中、フスはいつも一緒に病院に見舞いにきてくれた。聞き分けの良い子だった。スポーツに夢中になり、負けた試合のあとはわたしの腕に抱かれて慰めの言葉を素直に聞いているかわいい子だった。こうしたことすべてを切り刻んでしまいたかった。堕落したこの息子を追い払い、自分の記憶を改めて組み直したかった。楽しい、素敵な思い出を犠牲にしたとしても、仲間を何人か失うことになったとしても仕方ない。それでも、彼はいたるところにいた。彼なしで、わたしに残されるものはあるのだろうか？　彼が生まれてくる前の妻との若き日々の思い出は？　あまりにぼんやりしていて胸を熱くすることはなかった。ジルー一人だけとの記憶は？　これもそれほどイメージが思い浮かばなかった。どんなに記憶を掘り起こしてみても、ジルー一人だけとの忘れがたい映像は見えてこなかった。フスがわたしの人生を埋め尽くしていた。そのフスが今となっては消えなくてはならない存在となっていた。彼には刑務所の音、臭いがつきまとっていた。そして実際、法廷のブースにいる彼に目をやりながら、わたしは彼が、朝、どうにかこうにか準備をする姿を想像していた。監房のほかの者たちの見ている前で排便して、この裁判のために身なりを整えようとする様子を。それでも、シャワーを浴びられたのは前日だったか、それとも二日前だったか、からだは臭っていたはずだ。拘束され、投獄され、あばら部屋の劣悪な環境に置かれている彼を思うと耐えられなかった。すえた臭いのするこうした言葉だけですでにゾッとした。フスがもし逃走していたとしたら、支えてやれたかもしれない。どこかで逃げ回っていたとすれば、もちろん、彼の選択を理解していただろう。そうすれば、これまでわたしたちが一緒に生きてきた時間をそれほど傷つけずに済んだかもしれない。しかしなんてこった、実際はそんなことはできやしなかった、このしみったれた刑務所がいたるところに、いつ何時もわたしたちの生活についてくる。最初の数日は、まるでエンジンを慣らす必要があるかのように裁判はひっきりなしに中断された。わたしはその時間を利用して外に出て、モーゼルの方向に降りていった。プロテスタント教会に向かって歩き、ファベール高校の休み時間の校庭を眺めた。やっとのことで立っているという感じだった。この高校の近くを一日に数回歩くのは、わずかな気力を回復させるための手段だった。生徒たちもまた同じように気分転換をするために外の空気を吸っていた。浮かない表情をしている者もいた。

おそらく午前中のテストの結果が思わしくなかったのだろう。わたしは彼らに向かって言いたかった。彼らの目の前で、そんなことはたいしたことじゃない、まったくもってなんでもないことだと言いたかった。万が一、最後の最後に留年することになってしまったとしても、あるいはバカロレアに失敗してしまったとしても、それでもOKだと、そう言いたかった。そのことで命を失う者はいないのだから。失敗したとしても、その晩、刑務所で寝ることにはならないのだから。ひとは自分の身に起こることに常に責任を負わなくてはならないのだろうか？　フスのことを考えているのではなかった。自分自身に対して問うているのだった。自分はこんな目に遭うような人生を送ってきたつもりはなかったが、それはひょっとして単なる思い込みであって、自分の身に起こったすべてのこと、すべきだったがしてこなかったことに対する当然の報《むく》いなのかもしれなかった。

朝は早く起きた。毎朝、同じことの繰り返しだった。夢と悪夢から覚めて、その夢を思いだしてみる時間が一分だけあった。たった一分の猶予。自分がホテルにいたのだと気づくや、裁判の現実が襲いかかってきた。そして、寝ている夜の時間を耐え抜いて、さらに昼間も押しつぶされずにいる自分に驚くのだった。寝ているあいだはむしろ快適なときを過ごしていたと言っていいかもしれない。風変わりな、以前に見ていた夢とそう変わりない夢を見ていたが、悪夢でさえも特に以前よりひどいというわけでもなく、耐えられるものだった。列車に乗り遅れたとか、ひたすら走り続けるとか、取るに足らない恐怖。尾根道を歩いている夢も見た。いつ転落してもおかしくなかったが、それでも風を受けながら歩き続けて、そして、最後にはあきらめて落ちていった。たいしたことじゃない。おかしな夢でもその夢の中ではそれなりに筋が通っている、この世の人生の下劣な行為から解放されるささやかな理想郷、そんな場所があると知ると気持ちが楽になった。ひょっとすると夢はそのあとに起こることを暗示していたのかもしれない。もしそうだったとしたら、そんなに悪くもなかったはずだ。

意識がはっきりしてくるとしばらく部屋を眺めた。裁判のための物しかない部屋。十日間なんとかもたせようとしてハンガーにかけて風を通している地味なスーツ。本は一冊もなかったが、どんな内容であれ読書など不可能だった。音楽もなかった。こんな状態でいったいどんな音楽を聴けるだろう？　裁判のための洋服、インスタントコーヒーと薬だけ。夜は思考能力を鈍らせるためにすこしだけテレビを見た。ホテルのレセプションで湯沸かし器を貸してもらい、食事はとるとしてもせいぜいインスタントスープかカップラーメン。ホテルの従業員が時折、サラダや焼き菓子を部屋まで持ってきてくれたが、ビュッフェの残りもので、とっておいても食べなければどうせ捨ててしまうものだったのだろう。弁護士のアドバイスに従って、ホテルの予約には偽名を使った。ホテルで働くひとたちの目にわたしは犠牲者の家族と映っていただろうか？　彼らにしてみれば、どうでもいいことだっただろうか？　この裁判はかなりの噂にはなっていたが、人々にとっては三面記事の一つにすぎない。すぐに忘れてしまわなかったとしても、何日か経てば記憶から消えてしまうことだった。人生の最後の最後まで打ちのめされるのはほんの数人だ。フスが殺《あや》めた男と、彼の家族、そしてわたしたち三人だ。

起訴状は明白だった。これは殺人だった。予審判事は謀殺として訴訟を取り上げた。予審のあいだ、再度検討するようにフスの弁護士は努力をしたものの、裁判の行方はこの判事たちの手にかかっていた。人殺し、この罪にかけられる刑は十年、最長で二十年。しかしこの刑が認められるためには、殺した者と殺された者は偶然に出会い、どちらかが死んでしまうまで殴り合った結果でなくてはならなかった。何日も前から相手を見張り、一人になるところに狙いをつけて卑劣な鉄棒を持って乗り込み、背後から襲いかかって、相手の頭が半分かち割れるまで殴りつける、これは謀殺と呼ばれる罪だ。よって、終身刑。こんなことを言うとシニカルだと思われるかもしれない。

しかしそんな問題じゃない。起訴状が読み上げられたとき、その一言一言が骨の最も奥深くの髄にまで響いた。罪人の烙印を額に押されたのはこのわたしで、その傷跡はもはや消せないものに思えた。今でも一語一句、イントネーションの一つ一つまで蘇《よみがえ》る。そして法廷は静寂に包まれた。起訴状の読み上げが終わったあとの沈黙、ひどく重苦しい、物音一つしない静けさ。まるでそこに居合わせたすべてのひとが不意打ちを食らったかのように。まるでその瞬間までなぜフスがそこにいたのか知らなかったかのように。わたしは裁判が始まった日から早くも進行についていけなくなっていた。何を見つけだそうとしているのかがわからなかった。詳細な調査、粗探しは、意味のない表面的なものにしか思えなかった。それぞれが自分の役目と報酬のために忙しく動いていた。中でも医師たちは最低だった。彼らの慎重な態度に耐えられなかった。医師たちは、その場で、死亡の原因は殴打であると確定できなかったのだ。なんてこった、ほかに何が原因だったというのか？　その男の頭が映しだされたとき、誰の目にも普通でないことは明らかだったし、皮を剝《む》いたグレープフルーツのような半分の頭で生き続けるのは無理に決まっている。しかしそれ以上にひどかったのはフスの弁護士に呼びだされた者たちで、彼らは事件の起こる前にフスが袋叩きにされた事実をきちんと説明できなかった。フスがすさまじい暴力をふるわれ、その仕返しとして数週間後に襲撃したことをなかなか関連づけられなかった。フスの弁護士がどんなに奮闘しても、彼らの発言は曖昧なままだった。とはいえ、どんな事情であったとしても釈明などできただろうか、わたしには言い訳などあり得ないと思えた。「言い訳ではないんです、情状酌量に持ち込めるかどうかです」と弁護士は説明した。「場合によっては状況が深い意味を持ち、刑の軽減に繋《つな》がることがあり得るのです」わたしはフスが食らう刑はどうでもよかった、豚小屋に入れられる年数など議論するつもりはなかった。とてつもない時間になるのだろう、とんでもなく長い年月になるのだろう。わたしはその重荷に押しつぶされてフスが出てくるまで身がもたないだろうと思った。彼には当然の報いだ。二日目の夜、弁護士から翌日のわたしの証言を準備するためにどうしても会いたいと言われた。この弁護士は最初からわたしのことを鼻持ちならないやつと思っていた、それはわかっていた。彼の期待する受け答えはしてこなかったし、計画的になされた殺人の可能性を消し去るための彼の戦いについていけなかった。暴力を受けたあとのフスの後遺症、心の傷を証明しようと努力する弁護士に協力的になれなかった。滅多打ちされたあとフスがどれほど虚ろな状態に陥ってしまったか、どれほどのショックを受けて復讐にかり立てられるまで頭がおかしくなってしまったのか、説明できなかった。「父親なら息子のためにそれをすべきです」と弁護士は言った。そのとおりなのだろう。しかしわたしとしてはそれよりも、思春期のフスがどんな子どもだったか、最高に良い子で、親であれば誰もが息子にしたいと思うような理想的な子どもだったと、そう話す心の準備はできていた。一度としていやがることなく、病院に一緒に見舞いに行っていたと。わたしはそう話そうと思っていた。なぜならそれは真実だから、唯一の真実だから。しかし弁護士からフスの母親について、彼女の死がいかに息子さんを傷つけたか話すよう言われたときには、正直、答えようがなかった。この一件に可哀想な妻を巻き込むべきなのかどうか、それはやり過ぎに思えた。妻が自分の息子の殺人の言い訳にされることに同意してくれるかどうかわからなかった。

自分が呼ばれる瞬間を恐れて、からだじゅうから汗が噴きだしていた。考えれば考えるほど流れでてくるのだった。慌てふためいて、ハンカチか、なんでもいいから汗を拭えるものを探したが何も見つからなかった。ブルーのシャツはあっという間にびしょ濡れになった。汗で黒いシミになった部分を隠そうとジャケットをありとあらゆる方向に引っ張ったり、からだを縮こまらせてみたりもしたが、シミしか目に入らなかった。幸い立ち上がる前にまだしばらく時間があった。そして長い格闘のすえ、息をするのを止めて、止められる限りのことを止めて、一人目の陪席判事に集中しながら、なんとか気持ちを鎮めることができた。

裁判長の顔はまともに見ることができなかった。フスに目をやることもできなかった。陪席判事、彼は良き指針になるように思えて、わたしは彼を観察することに集中した。それぞれの陳述に対してどんなふうに反応し、どんなふうにからだを強張らせるのか、どんなときに椅子に座ったまま力を抜いているのか。この判事の頭の中はわたしの考えていることに近いのではないかと思えた。つまり、裁判というのは厳しいが公平である、それがこの男のイメージだった。いつもさっぱりと頭を剃っているあの男、法廷を中断するたび、正午の中断のときにも木槌《きづち》を打ち、ハーフリム型のメガネをひっきりなしにかけ直す男。彼は法廷を見回し、起訴状が朗読されるのに目を光らせていた。フスを見るときは穴があくほど見つめた。わたしも、もし自分の息子でなければそうしただろうと思えるような、しげしげと見つめるやり方で。時折、陪審員たちに目を凝らし、陸軍中尉のような視線でぼんやりしている者たちを奮起させ、または、傍聴席がざわついてくると即座に鋭くにらみつけて静まらせた。彼に注目する者、そして彼の命令に従う者たちがいる場所であれば、どんなところでも能力を発揮することができただろう。海軍にいたとしてもおかしくないほど潜水艦がとてもよく似合いそうだ。何千人という冶金工も使いこなせただろう、彼はそのための目つきをしていた。こんなふうに圧倒させられる誰かに会ったのは本当に久しぶりのことだった。病院の有力者たち、百九十五センチの長身で巨大な犬を連れ歩いている保線区のチーフ、それに、どんな輩《やから》も黙らせる術を知り尽くしている人間たちにも、まだ自分より上がいると思わせる迫力がその男にはあった。わたしの陸軍中尉、と勝手に心の中で呼んでいるこの男の両親は健在だろうかと自問した。ときには息子の仕事を見にくるのだろうかと。彼のためにもそうであればいいと願った。両親はめっぽう誇り高いだろう。裁判長の反対側のもう一人の陪席判事は女性だった。赤毛の美しい女性で、四十代だろうか、これ以上ないほど退屈そうだった。女性を見てもなにも感じないようになってからずいぶん時間が経っていたが、わたしの目には、彼女は別の心配があって、この公判が早く終わりますようにとひたすら願っているようにしか見えなかった。しかしフスの裁判のあとには強姦《ごうかん》をめぐる裁判が待ち受けていて、裁判官も陪審員も皆、あと三週間はたっぷり仕事をしなければならなかった。休憩を終えて席に戻ってくる彼女の表情を見れば、彼女がフスのことを嫌っているのは、誰の目にも火を見るより明らかだった。何時間も観察するまでもなく簡単に見抜くことができるほど、彼女は本当にフスを嫌っていた。ほかの二人の裁判官と違って、ひっきりなしに襲いかかるあくびを噛《か》み殺すと、書類に頭を突っ込むようにしてせわしなく書き留めていた。どこか動揺した様子で、まるで何かを聞きのがすのを恐れるように。しかし結局のところはなんでもなかったのかもしれないし、単純に耐え難い睡魔を追い払うためだけの行動だったのかもしれない。

証言台に立つには、いつも三列後ろのベンチ席に深く腰かけ、背筋をまっすぐ伸ばして座っているル・ジャッキーと対面せざるを得なかった。あのル・ジャッキーがネクタイを締めていた。休みを取ったに違いなかった。なぜわざわざこんな辛い目に遭おうとしているのかわからない。裁判が中断されている空き時間も、夜は尚更のこと彼とは敢えて会わないようにしていた。わたしが裁判所を出るときにはル・ジャッキーはすでに帰途についていた。彼が背後にいることにわたしは苛立ち、いったい誰のためにやってくるのだと自問していた。おそらく、彼の大好きなフスに対してわたしがバカな真似をしないか、自分の目で確かめていたかったのだろう。

証人台の手すりまで進みでるよう言われたとき、わたしは歩き方を忘れてしまった人のように、どうやって前に進めばいいのかわからなくなってしまった。殺人犯の父親はどう振る舞うべきなのか、犯人の父親に「道徳的に」求められているのはどんなことなのか、見当がつかなかった。実際よりずっとからだが縮こまっているように感じていた。わたしはこの一件になんの関与もしておらず、息子はすでに大きくなっていて、十分におとなで、わたしの意思に反して一人で行動したのだと伝えようとしていた。一度として息子に復讐に行けとけしかけたことなどない、考えたことさえないと声を大にして。「レピュブリカン・ロレーヌ」紙には、父親の証言が裁判の最も重要な鍵を握ることになるだろう、多くの要素に明確な形を与えるだろうと書かれていた。フスの弁護士もそのコメントにふさわしい展開になるよう力を注いでいたが、当のわたしが然るべき返事を吐きだせずにいるのを見て、突き放すような質問を連発し始めた。なぜこの若者は一人でいる時間が多かったのか、なぜ息子をやりたい放題にさせておいたのかと。弁護士はこれまでの暮らしぶりについてかなり多くのことを知っているように思えた。とっくの昔に忘れてしまっていた細かいことまで思い起こさせた。わたしのことを怠慢で放任主義の父親だと思わせるような卑劣な考察まで持ちだした。こうして弁護士にプレッシャーをかけられればかけられるほど、自分自身に対する疑いが強くなり、ひょっとするとこうしたことすべての中に実は真実が潜んでいるのではないかと思えたりもした。弁護士はことさらわたしの政治参加について執拗に食い下がってきた。口に出して断言することはなかったが、強く暗示しながら、息子をまっしぐらに極右政党の「国民連合」のもとへ走らせたのは父親だったと言わんばかりだった。弁護士によれば、たとえそうでなかったとしても、父親に責任がある、少なくとも事件のきっかけを作ったということだった。わたしはすっかり打ちのめされて証言を終えた。誰にも会わないように出口へと急いだ。自分にとっての避難場所となっていたモーゼルへ逃げだそうとしていたとき、若い女性に呼び止められた。「当然のことです、彼のしたことは」と彼女は言った。「あなたの息子さんの刑をすこしでも軽くするためです。善良な弁護士なら誰でもそうしますよ」彼女はぎっしりと書き込みのある大きなノートを腕に抱えていた。世の中の現実を知り始めたばかりの法学部の学生に違いない。わたしはなんと答えていいか戸惑った。弁護士は当てこすりや仄《ほの》めかしでわたしの気持ちをボロボロにしたというのに。彼女は続けた。「あなたは、あなた自身にはなんの危険もない。家に息子さんを時々一人にしておいたからといって刑務所には送られない。逆に弁護士に従えば、息子さんの刑期を数年減らしてあげられるかもしれない、そのためならそれくらいする価値はあるでしょう？」

「実際はあの場で話されたような状態ではなかった」わたしは反発した。「いつもできるだけ子どもたちと一緒にいた……」「あなたがしたこと、しなかったことはどうでもいいんです」と彼女はわたしの言葉を遮って言った。「重要なこと、それは陪審員たちが決断を下さなくてはならない瞬間に、彼らの頭に入っていることです。容赦なく三十年の禁固刑に繋がる根本的な考えの隅々にまで横槍《よこやり》を入れる必要があります。彼らの最初の見方にひび割れを生じさせ、彼らの思考に疑問を作動させることが大事なんです。多くの疑問。陪審員は疑えば疑うほど確信が薄らいでいき、判断に悩み、苦労するんです。そうなったら、信じてください、それでいいんです。刑を軽減できるんです。ひとは疑いがあるとき、誰かに三十年の禁固刑を科すと決めるには、とんでもなくいやなやつにならなくてはならないんです。もちろん不幸なことに三十年の判決もあり得るのですが、それでも稀《まれ》です」翌日はル・ジャッキーと、サッカーのクラブでフスと仲良くしていた数人が証言する番だった。フスの弁護士は満足だったはずだ。彼らの証言からフスの口数が少なく、愛情深いやつという人物像が浮かび上がった。ひとの役に立つのが好きで、感情を抑制できる人間だと。誰もが心の底から誠実に言葉に表しているという印象だった。しかし最も美しく、最も強く胸に響いたのは、ル・ジャッキーがこう言ったことだ。「我々が置かれた今の状況を考えれば、信じられないと思われるのは承知の上です。しかしフスは」ル・ジャッキーはなかなかフレデリックと言えなくて、何度も裁判長から言い直すよう注意された。「フレデリックは、自分にもあんな息子がいたらよかったと思える若者です、ずっとほしかった息子です。この部屋にいる妻も同じことを言うでしょう。皆さんがどんな決断をするのか知りませんが、どんな判決が下されるとしても、我々にとって、我々のかわいいフス、これまであまり運がよかったとはいえない彼は、良いやつとしか思えません」これは法廷内の空気をじっとりと湿らせた。ル・ジャッキーはそう言うと、見たか、ばか野郎、こうやって息子を守るんだよとでも言いたげにわたしのほうに向き直った。当然のことながら、ル・ジャッキーもフスが極右のグループと付き合いがあり、死は偶然にやってきたのではないとわかっていた。鉄の棒で何度も殴った動機も含めて、この場にいるみんなに周知されている事実を無視しようとしたわけではなく、ことさら犠牲者の家族の心情を思うとかなり葛藤があったはずだ。だからル・ジャッキーは余計なことには触れずに自分の立場で述べるべきことだけを述べていた。「ここで発言されていることは、それは、おそらく本当のことなんでしょう。なかったことをでっちあげるつもりはありません。ただ皆さんに伝えておきたい。我々のフス、いや、フレデリックはこんな目に遭うような子じゃない、こんな報いを受ける子じゃない、良い子です」

その翌日、フスの恋人のクリスティーナと初めて会った。風変わりな娘だった。全身黒に身を包んでやってきた。時代錯誤感のあるジョーゼットのブラウスを着ていた。袖口と首元からタトゥーが施されているのが見えた。控えめとはいえないタトゥー。とはいっても、メガネとポニーテールにした髪型のせいで、賢い学生風でもあった。この娘についに会えたことでわたしは妙な気分になった。父親が初めて息子の妻となる女性と対面したときのように彼女を眺めずにはいられなかった。わたしは丹念に、細部まで観察して、自分は彼女を気に入るだろうか、フスと一緒にうまくやっていけるだろうかと何度も考えた。まるでこの時間に、一片の意味が存在していたかのように。いつか一緒に暮らすチャンスがひそんでいたかのように。彼女は二つの大戦のあいだにモーゼルに移住してきたポーランド人の家族の末裔《まつえい》だった。「パパがそうだったように」十四歳のときから「国民連合」の活動に参加していたという。フランス人よりフランス人らしい、しかも凝り固まった信心と土地ならではの伝統に満ちた話に、どうしたら人々はそう簡単に傾倒できるのか、その様子には仰天させられる。そして、彼らのあとにその土地にやってきた移民の人々の権利を、同様の情熱と粘り強さで拒絶できることにも驚かされる。クリスティーナはフスとの出会いを詳細に語り、グループのほかの者たちとフスは何が違っていたかを説明した。ほかの誰より穏やかで、簡単に言ってしまえばずっと優しくて、女の子たちに対して「親切」だったと。この言葉に裁判長は反応した。クリスティーナは明確にする必要があった。「はい、親切でした、裁判長。言葉の意味する通りです。フレデリックにはほかの子たちが持ち合わせていない思いやりがありました。ほかのみんなが持っているマッチョな面が彼にはありませんでした」彼女はさらに、フスは仲間からよくからかわれていて、弱虫扱いする者たちもいたと説明した。フスが襲われた日、彼女は一緒にいた。二人きりだったが、しかし、そう、彼女は極右のマリーヌ・ルペンのビラをたくさん腕に抱えていたから目立っていた。男たちが近づいてきた。四人か五人、はっきりは覚えていなかったが、その男たちが腕からビラを奪い取った。フスが彼女をかばうようにあいだに割って入ったその瞬間、滅多打ちされた。あっという間の出来事だった。彼女が叫ぶが早いか、男たちはすでに姿を消していた。事件のあとしばらくのあいだ、フスがほとんど話せなくなってしまったため、二人はほとんど言葉を交わすことはなかった。こう証言しながら、クリスティーナはフスのほうに向き直った。一瞬、静止して彼を見て、ほほえみかけた。フスはすぐにこうべを垂れ、視線を床に落とした。それからクリスティーナは陪審員に向かって話し続けた。グループのほかの者たちに、行動を起こすべき、反撃すべき、今度はこちらから殴り込みにいく番だと言って熱心に訴えかけた。彼女は少なくとも一人の顔は認識しており、その男がどの辺りをぶらついているかも知っていた。あばた面の男。フスの暴行によってその日から数週間後に命を落とすことになる青年。しかしグループはさしあたってはおとなしく引き下がることを選んだ。ここはティオンヴィルの支部に話をして、マリーヌの偉大なる判断に任せよう、それまでは何もせずにひたすら様子を見ていようと。そんな彼らをクリスティーナは怒鳴りつけ、そして我が家に泣きついてきた。彼女はフスに、仲間は誰一人として復讐に行こうとしない、敵はこのまま放っておくとのうのうとしていられると訴えた。フスはただ、「ほっとけ」とだけ言った。その午後、フスの発した言葉はただ「ほっとけ」その一言だけだったと誓った。だからこそ、彼女にはなぜフスが一人でこんなことをしたのかまったく理解できなかった。何がフスの心を動かして決断させたのか。何もしなかったほかの者たちのせいだと。もし仲間たちが敵討ちに行っていれば、これまでも度々あったように単なる見苦しい殴り合いで済んだのに、グループ同士で解決できたはずなのに、それ以上のことは何もなかったはずなのに。そう、彼女はフスにたった一人で復讐に行かせた仲間たちを恨んでいた。この一件が重大かつ最悪な展開になってしまったのも当然だったと。「当然？」彼女は再び裁判官から問い返された。しかし、概要は明らかになった。法廷の部屋にいたすべてのひとは事情を把握できた。

それにもかかわらず、二日後に言い渡された判決は特別に重かった。二十五年。傍聴席にパラパラと拍手の音が起こった。大勢ではなかったが、それだけでさらに胸が悪くなった。フスは判決が読み上げられるのを微動だにせずに聞いていた。二十五年と告げられたときもぴくりともしなかった。クリスティーナ、彼女は怒りと苦痛のうめき声を発した。わたしはといえば、まったくもっておかしな気分だった。身じろぎもしなかったし、フスを見ることもなかった。弁護士がやってきて言った。「控訴すべきだ。息子さんにはなんの情状酌量も認められなかった。二十五年の服役は高くつきすぎる」わたしはどう答えてよいのかわからなかった。一人の人間を殺す罪がいくらなのかそんなことは見当もつかない。その晩、自分の息子が出所してくるのはいつになるのか計算した。二〇四五年一月。この日付は非現実的に思えたが、しかしながら裁判長から告げられ、記録された事実だ。この年月はほかの者たちを驚かせることはなかったようだ。急いで自宅に帰る気になれず、その晩も部屋を借りた。食べ物であれなんであれ何も必要ないので部屋に来ないでほしいとはっきりと受付にことづけてベッドに入った。そして深夜二時、こんなふうに籠《こも》っていても意味がないと思いつき、荷物をまとめた。階下の受付には夜勤のドアマンしかいなかった。彼は一言も言わずにわたしを送りだした。部屋代が前払いされているのを確かめて、この客は自分の好きにできると知っていたのだろう。道中、今ここで溝に突っ込んでしまうのもありだという考えがよぎった、が、あまり確信が持てなかった。ひたすらスピードを出して走り、ガソリンスタンドで買ったまずいウイスキーを飲んで気を紛らわせた。店員は「この時間はダメなんですよ」と言ったものの、差しだした札を受け取ると、あとはあなたの責任だと言わんばかりにそそくさと寝にいった。ジェレミーとジルーが家で待っていた。二人は寝ていなかった。ジェレミーは「ジルーがバカな考えを起こさないように」と酒を飲ませて面倒をみてくれていた。

日がな一日飲んだくれて過ごしていてもなんの解決にもならないと、ほどなくして理解した。妻が亡くなったあとにも同じような日々を過ごし、そしてなんとか切り抜けることができたが、似たような事態に陥るのはいやだった。とはいえ、仕事をする資格があるとは思えなかった、国鉄《SNCF》の医師はその点を重々に理解していたのだろう、すぐさま宣告してきた。「あなたをあんな高いところに登らせるわけにはいきません。しばらく待つべきでしょう」医師に反論はしたくなかった。時折あらぬ考えが頭を過《よ》ぎるような精神状態では、自分としても鉄道架線の上で仕事をするのは危険に思えた。なんであれ集中するということができず、安全面に関する詳細な注意事項に気を配るなどなおさらのことだった。自分の今後についてさえ何も考えられないような状況では、操作ミスをして腕に火傷を負わぬよう細心の注意を払っていられる自信はなかった。医師はわたしが同意しているようだと知って安心していた。仲間の中には、配線工の資格を失うと待機手当もなくなってしまう可能性もあるとぼやいていた者もいた。正直なところ、だからといって地上で働く自分も想像できなかった。それについてもまた医師はお見通しだった。「あなたにはしばらくのあいだ自宅にいてもらいましょう。社会への適応性をあまり失ってしまってもいけないので」言われたことは守ると約束して、与えられた数週間に対する礼を言った。医師は真面目な男で、患者を甘やかさないことで知られていた。同僚たちから聞いていた話ではむしろ冷酷な人間だった。それだけに彼の診断には議論の余地がなかった。その医師からの指示がない限り、わたしが休みを利用してふらふら遊んでいないか、上司が部下を見回りに寄こす可能性はなかった。そもそも、わたしは好きなだけ外にでていくこともできた。「あなたの状態から見ても、むしろ外出することを勧めます」医師の決断により仕事にすぐに戻らなくてすむことにホッとすると同時に、その判断があまりに迅速だったことから自分はそこまで壊れていたのだと自覚できた。

事情が違っていれば、数週間もある有給休暇を利用して家の中のいくつかの修理に取りかかるところだったろう。しかし、この状況下ではとても無理だった。フスの部屋が頭にこびりついて離れず、何をするのにも邪魔をした。何をどうしていいのかわからず途方に暮れた。いっそ空っぽにしてしまうか。あるいは壁で塞いでしまうか。何度も前を通ったが、中に入っていくことができなかった。扉はうっすらと開いていた。ベッドの下にあるもののほぼすべてを識別できた。家で過ごした最後の日の包帯と湿布が床に転がっていた。消毒薬の入った瓶。もし彼が死んでしまっていたとしたら、間違いなくわたしは彼のベッドにつっぷしていただろう。最後にもう一度、彼の匂いを嗅いだだろう。ベッドに腰かけ、部屋を見渡し、サッカーの試合でもらったトロフィーを眺めただろう。彼が大事にしていた多くの本に時間をかけて見入っただろう。ずっと前から読まなくなっていたコレクション、でも、棚にきれいに並んでいる本。何が起こったかまったく知らずに、時の流れに耐えてきた本たち。しかし彼は牢《ろう》獄《ごく》で朽ち果てていくことになるのだ、ここにある本たちとは違う。週末に戻ってくるジルーには、わたしの抱いていた嫌悪感はなかった。兄の部屋に入り、何時間もそこで過ごした。最初は身動きせずに部屋にある物を一つ一つじっくりと眺めていたが、しばらくするとまるでフスが明日にでも帰宅するように片付け始め、わたしに向かってフスの洋服を選別するように言った。「これはもう兄さんは着ないよね。誰かにあげてもいいんじゃない」わたしが口を閉ざしたままでいたので、ジルーは小さくなりすぎた服を丁寧にたたんでは布の大きな袋に次々と入れていった。「慈善団体に持っていってよ」わたしが慈善団体にフスの洋服を持っていくのは、よほどの勇気をかき集めなければできなかっただろう。団体はきっと喜んで受け取ってくれただろうし、誰のものだったかも訊かなかっただろう。だからといってわたしにはそんなことさえもできなかった。すべてが困難だった。わたしの顔には、息子は刑務所にいます、とありありと書かれているようにその苦悩が表れていたと思う。弁護士は裁判の直後からひっきりなしに電話をかけてきた。最初の何本かは手短に「電話をください」だけのメッセージだったが、返事をしないわたしに向かって弁護士はついに感情をぶちまけてきた。本件についてこれほどまでに奮闘し、書類の見直しをするのは金銭的な興味からではないと。自分の受け取る法廷報酬はあなたもよくご存じのように我々に与えられた援助金の中にきっちり収まるものでしかなく、よってそれ以上のお金を一銭でも稼げるものではないと息巻いていた。とはいえそんなことは問題ではなく、とにかく突き進むべきなのだと強調した。何度も、長々と、懇願でもするように、ありとあらゆる口調で「単純に正義の問題です」と繰り返した。弁護士は最後に「息子さんを説得してもらいたいので、父親であるあなたに会いにいきます。しかし、時間は永遠にあるわけじゃありません」と付け加えた。わたしはフスと話し合うことは、フスに会いに刑務所に行くのと同じくらいいやだった。

フスを説き伏せる役割はジルーとジェレミーが担《にな》ってくれた。二人ともわたしの気持ちを理解してくれていたし、それでわたしのことを恨んではいなかった。二人だけで切り抜けようと努力してくれていた。ル・ジャッキーも一度か二度は一緒に行ったのではないかと思う。もしこれがル・ジャッキーの息子の身に起きていたのだったとしたらわたしも同じようにふるまっていただろう。自分の息子でなければここまで複雑に考えることもなかったのだろう。寛大なところを見せることもできただろうし、刑務所によって汚されると感じることなどなかったのだろう。そうだ、わたしも一人の面会者でいたかったのだと思う。一歩引いたところから見ていられるように。しかし現実には、当事者はわたし自身の息子。彼の身に起こるすべてのことはわたしの身に起こることとイコールだった。だからこそ、自ら距離を置こうと決めたのだった。わたしには気力がなかった。批判的なことは一切口にせず、無理も押しつけてこなかったジルーとジェレミーへはこれから先も感謝し続けるだろう。彼らはわたしにしばらくパリに来たらどうかとも提案してくれた。代わるがわるそれぞれの部屋に泊めてくれるということだった。ジェレミーの大きなアパルトマンなら、お互いに邪魔し合うことなく暮らしていけるほどの広さのようだった。それでもわたしは行きたくなかった。パリはその神聖さを保ち、一滴の漏れもないように閉ざされ、我々の身に起こったことのすべてから無縁でなくてはならなかった。パリではこの裁判について話題にされなかった、それでよかった。逆にわたしはジルーとジェレミーにはパリにとどまっていてほしかった。面会の機会が巡ってくるのを待ち構えるような時間を過ごしてほしくなかった。しかし、彼らにとってそれは問題外だった。二人は時間が許すや刑務所に急いだ。ジルーはそこで話されたことについて何も知らせてこなかった。ジェレミーは雄弁だった。フスがどうしているか知りたくないかと尋ねてきたとき、わたしが答えずにいるのを見て彼のほうから話し始めた。穏やかな口調で、言葉を選びながら。一言一言がずっしりと重みを持ってのしかかり、過去の良き思い出が記憶からすこしずつ追いやられていった。そんな数週間を過ごした。わたしはジルーとジェレミーの勉強に支障がないか心配するふりをしていたが、心の底では学業もうまくいっていないとわかっていた。楽しみにしていたこと、わたしに誇りや満足をもたらしてくれたものは、もはや何もなくなってしまった。ジルーは、これから実現しようとしていたこと、可能性のあったこと、そのすべてが台無しになってしまった、そういうことだ。フスがすべての信用を失わせてしまった。たとえジルーが指折りの教育機関に進めたとしても、その先の希望はない。ジェレミーも同様にそこに巻き込まれていた。わたしはジェレミーに言った。「おまえは、おまえならまだ間に合う。おれたちのことは忘れるんだ。誰もおまえを恨んだりしない。おれたちのことは放っておけ。

ここにいても得するようなことは何にもない。おまえはおれの息子のようなものだ。おれの息子だ。でも、あいつは、おまえの兄弟じゃない。幼い頃に出会ったやつの一人に過ぎない、そもそも、何年も会わない時期があったじゃないか。だからあいつのせいでこれからの大事な人生を腐らせるな、あいつから離れろ、あいつはおまえのことまでダメにしてしまう」わたしからこう言われても、それでもジェレミーは離れていかなかった。すでに洗脳されてしまった男のような、ほかにどうすることもできない現実を受け止めた者のようなすこし間のぬけた顔をしてわたしに向かって笑みを見せた。すでに犯された罪を前にして、競えるものなどもはや何一つない。ジルーにとって損害はとてつもなく大きかった。年末は試験に備えて不眠不休の日々となった上に、面会のために授業をサボらなくてはならなかった。しかも面会日はしょっちゅう変わり、時間帯にはなんの規則性もなく、週の真ん中に設定されたかと思うとギリギリになってキャンセルされることもあった。苦しむのが試験だけだったらどんなに良かったか！　ジルーはこれから先の人生を、定期的に会いにいかなければならない兄のことを、彼の人生に終始つきまとう兄の存在をどんなふうに受け止めていたのだろう。好きなひとができたとき、刑務所に入っている兄がいること、しかも何年も何十年も服役するのだとどんなタイミングで告白するのだろう。罪に問われた理由は何かと知りたがったら、なんと説明すればいいのだろう。これこそがジルーを待ち受けていることだった。ただ一つの軸、刑に服している兄がいるというその事実の周りをぐるぐる回り続けるクソッたれな人生だ。そしてもし、ジルーが敢えて兄の存在を忘れようと、海外のどこか遠くへ行って毎月刑務所に通う重圧から逃れようとしたとしても、それでもやはり悔いの念が喉元に引っかかって一生解放されることはないだろう。ある意味わたしは救われていた。人生に残された時間はジルーほど長くないし、自分の取るべき態度をはっきりさせていた。卑劣な父親になることを覚悟の上で刑務所にはもう足を踏み入れないと決めて、ル・ジャッキーや天国にいる妻からの批判も気にかけないようにしていた。

それから数週間後、警官が家の扉を叩いたとき、わたしはテレビの前にいた。パトカーの回転灯が近所の家々を照らし、壁に反射しているのを見ながら、刑務所で何かが起こったのだと即座に考えた。フスが殴られたのだろう、今回は生き延びられなかったのだろうと。一瞬、ひょっとして安堵しているのだろうかと自分を疑った。しかし警官がやってきたのは違う理由からだった。彼らは捜査が再開されることを告げにきたのだ。わたしは居間のソファにどさっと腰をおろした。テレビの画面にはトゥール・ド・フランスの模様が映しだされていた。独走していた選手がおそらくこのまま最後まで逃げ切るだろう。コメンテーターたちの歓喜の声が聞こえた、生き続ける世の中の音が耳に響いた。息子はまだ生きていた、そして突然、なぜかわからないが、幸福感が戻ってきたと感じた。何年も前から経験しなかった幸せ。わたしは夜じゅうこの幸せに包まれていた。息子の部屋に入り、ベッドに腰かけ、シーツに鼻を押し当てて匂いを吸い込み、息子のことを思いながら寝た。よく眠れますように、自分と同じように、彼の耳にも夜のざわめきがほんのすこしでも届いていますようにと祈りながら。このときは、幼かった頃のフスが囚人のフスの顔と重なった。固いベッドに寝かされ、鍵を開けたり閉めたりする騒々しい音の聞こえてくる朝までの数時間、静けさを味わっているのはわたしの息子。ゆっくりと和解しつつあるわたしの息子だった。

翌日はサッカーのグラウンドに行った。ほかの者たちがやってくる時間よりずっと早く着いていつもの場所に陣取った。ピッチの芝は暑さのせいでひどい状態だった。はっきりとは覚えていないが、シーズンの終わり、休みに入る前のおそらく最後の練習試合だったと思う。選手たちが一人また一人とやってきた。半分寝ぼけたような、まだシャキッとしていないからだで。それまで会ったことのなかった二、三人の新人を除いて、選手は一人一人わたしに挨拶にやってきた。彼らの習慣になっていたように、片手を上げてタッチ、その手を胸に当てる。言葉を交わすことはなく、機械的に。どんな話題であれ、口にする必要はない。そもそもそのほうがよかった。彼らはわたしが何者か、何が起きてどうなっているのかも知っていた。一人だけ、フスは頑張っているかと訊いてきた。「そう思う」とわたしは答えた。「なんとかなるさ」と彼は言ってピッチの中央に走っていった。試合は何事もなく展開して、まるでもうすでに休みに入っているように、選手たちはバカンス前に怪我をしないように注意しながらゆるゆるとプレーしていた。わたしは選手たちが一人残らずグラウンドから出ていくのを見届けてから、まともな状態を保っている芝をすこしだけかき集めて小さな密閉容器に詰め、フスの弁護士に電話をした。わたしが前向きになったことも含めて、弁護士はこの新たな展開と、入手できた情報に満足していた。そして、フスのガールフレンドには我々と足並みをそろえてもらうために連絡したほうがいいと言った。なんの役に立つのか判然としなかったが、弁護士は引かなかった。「ぜひそうしてください。みんなが同じ言葉で語れば、きっと強くなれます」クリスティーナの家の前に着いたとき、来るべきだったのかどうかすでに確信が持てなくなっていた。扉を開けたのは父親だった。彼は娘の証言の日に法廷にいた。この一件をどう思っているのか、わたしのことも、わたしの息子のことも目の前からとっとと消え失せろと思っていたのではないだろうか。ルペンのために戦うこと自体わたしには尋常とは思えないが、人生の半分を刑務所で過ごすことになった男の巻き添えになっている娘を見るのは想像を絶する心労だったろう。彼はわたしの姿を見て驚いたが、中へ通してくれた。彼らの一戸建ての家は我が家とほとんど同じような造りで、うちよりやや小さく見えた。似たような家具。似たようなオブジェで飾られた壁。サイドボードの上には家族の写真。幼い頃のクリスティーナの写真にはいつもすこしだけ年上と思われる女の子が一緒に写っていた。彼女の姉さんか。最近の写真には姉さんと思《おぼ》しき女性の姿はなかった。父親が食堂の椅子に腰かけるようにすすめてくれた。小さな居間にはアイロンをかけるための洗濯物が入ったカゴが置かれ、二脚の肘かけ椅子の背もたれにも衣類がかかっていた。アイロンのスイッチは入ったままだった。彼は笑みを浮かべて言った。

「この家ではわたしがアイロンがけをするんです。散らかっていてすみません」わたしはクリスティーナの写真にしょっちゅう目をやっていた。なんの問題もなさそうな娘。あまり表情豊かではない。特に美人でもない。とはいえ、醜くもない。彼は飲み物を取りにいっているあいだ、この食堂で目に入るものはわたしに見たい放題にさせておいて、そして、戻ってくるとため息をつき始めた。嫌味ではなく、わたしに何を話すべきなのか困惑しているようだった。あるいは、どこから始めたらいいのか迷っていたのかもしれない。そしてついに口を開いた。「クリスティーナの母親は昨年この家を出ていきました。どこにいるのか訊かないでください、わからないんです。長女のもとで暮らしているのだとは思いますが、確かではありません。母親からも長女からも、どちらからもなんの便りもないので」彼は家族の話を続けた。クリスティーナの姉は三年前に家を出たが、それが家族にはいつまでもしっくりとは受け止められなかった。政治的な問題も家族をうまくいかせるための手立てにはならなかったが、正直なところ長女が家出をしたのはそれとは関係ないということだった。母親に関しても同じことだった。その男と付き合っていることも含めて、母親はクリスティーナを恨んでいた。父親は「あなたの息子さんのことですが」と謝ってから続けた。とはいえ彼女が出ていったのは、単に、家庭がうまくいっていなかったからなのだと。

「クリスティーナのことを思うと気の休まる暇がありません。それを考えるともう眠れません。これからわたしたちはどうなっていくんでしょう。娘は息子さんを愛しています。だからといってそれが解決にはならない、そうですよね？　娘はまだ若い」

わたしも彼と同じ気持ちだった。相手が誰であれ、こんなふうに一生を無駄に過ごしていく姿を喜んで見ていられるはずがなかった。刑務所での長い年月で心身を消耗し、出所したときには仕事もなく、すっからかんになっている男の解放を待ちわびる人生など願えるはずがなかった。フスはきっと薬漬けになっているだろう。刑務所の暴力でからだを壊しているだろう。そんな彼に面会にいくための終わりなき道のりを強いることなど、誰であれ、望めるはずがなかった。フスはまだメス・クールーの刑務所に入っていたが、明日はどこに移されるか？　彼に手紙を書き、彼を思い、場合によっては、彼に忠実でいるよう押しつけることなどできやしない。そんな難しいミッションは、ほかにどうすることもできない者にのみ割り当てられるべきだ。ほかのいかなる選択肢も許されない者。ごくごく身近な内輪の者だけ。わたしはその小さな輪に、彼には気の毒だがジルーを入れた。ジェレミーも入れた。なぜなら彼は生き延びられるとわかっていたから。ル・ジャッキーも。なぜなら彼は石のように頭が固く、彼もまた何があっても生き延びていけるから。そして、わたしもそこに加わった。しかし、クリスティーナの父親とは同じ思いだった。この娘は、かわいそうだがこの輪に加わることはない。わたしはそのようにはっきりと父親に伝えた。父親はこの言葉を聞いて安心したようだった。だからといってどうすればいいのかはさっぱりわからないと正直に伝えた。娘さんをどうやって説得するかは、父親である彼のほうがよく心得ているだろうと。父親は無力な目でわたしをしばらく眺めてから、飲み物を注ぎ足した。そして自分の手に視線を落として再びため息をつき始めた。なんてこった、揺るぎない信念を持ったファッショの闘士はいったいどこに行ったんだ？　すっかり狼狽《ろうばい》して、わたしと同類の情けないやつの姿としか見えなかった。「彼らの愚かな行為のせいで、我々も疲れ切ってしまいましたね」と彼は言った。彼の口から出た、愚かな行為という言葉を受けてわたしは、それは我々の子どもたちの愚かさじゃない、絶対に違うと思った。そう考える自分は間違っていないと確信していた。理解の範疇《はんちゅう》を超える、感知できる領域をはるかに超越したこと。そうでなければ、むしろこれはおとなたちの愚かさだ。わたしたちがしてきたことのすべて、いや、まず何よりも、してこなかったことのせいだと。この訪問のあと弁護士に父親と話したことを伝えたが、彼はわたしたちの考え方に必ずしも賛同はしなかった。彼にはクリスティーナが必要だった。闘志に満ちた彼女の存在は不可欠だと信じていた。少なくとも、最初の法廷のときと同じように説得力のある彼女の証言に期待していた。

弁護士は精力的に取り組んでいた。以来わたしも粉骨砕身の気持ちで臨んだ。フスの人生はほんのささいなことでひっくり返ってしまったのだとやっとのことで気づいたのだ。すべてのひとの人生は一見、敷かれたレールの上をひたすら走っているように見えるが、実はアクシデントと偶然、そして反故《ほご》にされた約束の積み重ねだ。人生というのはこの多くのささいなことの連続で、それがどう配置されているかによって君主になるか囚人になるかが決まるのだと。「あのとき運よくあの場所にいた」と幸せな人々は告白する。わたしも妻と出会ったとき、タイミングよくそこに居合わせた。

彼女がMJC（青少年文化会館）にやってきたのが数分遅かったら、わたしたちは出会っていなかった。同じ土地の生まれではないから、どのみちいつか出会うという理由は何もなかった。ふたりは別々の方向へ進み、それぞれささやかな時間を積み重ねて、別の子どもを持っていたかもしれない。そうしたら事情は違っていただろう。フス、あいつは運悪くその場にいたのだ。一団と出くわしたとき。あとのことはその瞬間の連鎖から起きたことだ。あの青年を攻撃しに戻ったときは、タイミングが悪かったのだ。もし起こったことの連鎖を組み直すことができたら、この日一日がここまで残酷にならずに済むケースは何千とあっただろう。同時に、公平な目でみれば、あの青年の死で終わるケースも何百とあったとも言える。しかしこんなことを法廷で語るつもりはなかった。名前はジュリアン。彼のことをファーストネームで考えたり口にしたりす授かるまでに長い時間を要した。どこにでもある平凡な名前、ジュリアンという名を授かり、両親からの惜しみない愛情に恵まれ、貧困も戦争も知らずに育った少年が、あるときから集団の一味となって、過剰な暴力によって一生を終えることになるなど、誰が想像できただろう？　ジュリアンという名前で普通の人生を送れるはずだったのに、それなのになぜ、打ちのめされた頭を排水溝に突っ込んで人生を終わる羽目になってしまったのだろう？　これもささいなこと、その偉大なる神秘だった。その権利があるのかどうかも知らぬまま、わたしは彼の両親に手紙を送った。あなた方の息子さんとわたしの息子、ふたりの息子について考えない日は一日もないと彼らに向けて書いた。死んでしまったのが自分の息子だったらよかったとも書いた。わたしにとってはどちらにしても同じだと。そんなことを書くなんて、まったくもって不用意でバカげているし、よくよく考えてみれば本意ではなかった。しかし、彼らはわたしのその思いを理解してくれたのだと思う。なぜなら彼らは返事をくれた。手紙は、控訴があり得るということに大変ショックを受けたという一文から始まっていた。もう終わりにしたかった、再び法廷に臨むような元気はないと。ただそのすぐあとには、あなたが釈明しようとする気持ちは理解できると記されていた。彼らは祈り続け、それで気持ちが楽になったという。わたしも試してみるべきだろう。彼らは手紙の中で一度としてフスに触れていなかった。わたしに語りかけていた。わたしを許してくれていた。最後は奇妙な言葉で締めくくられていた。刑務所の無意味さについて。法廷で彼らが同じことを語ってくれるのかどうかは知りようもなかった。

すべてが常軌を逸してしまったあの瞬間は、起こらなかったかもしれない、存在せずに済んだことも十分にあり得た。かといってフスの根本的な責任は何一つ変わらないが、しかし彼をここまで孤独に追い込むことはなかっただろうし、ここまで恐るべき結果にはなっていなかっただろう。わたしはこの考え方をベースとして証言すべきことを準備していった。知り合いをつたって一味の何人かを探しだした。合唱団の子どもたちに会いにいくのとは訳が違う。最初のコンタクトはかなり荒っぽかった。幸い、ル・ジャッキーともう一人、支部の仲間の中でもすご腕の男が付き添ってくれていた。顔を合わせるなり色めきたった一味に対して、我々は真っ先に、あの件をほじくり返しにきたわけじゃないと伝えた。そうではなく、二つのグループ間での単なる殴り合いにとどまっていてもおかしくなかったことが悪化してしまった要因について話をしにきたのだと説明する必要があった。彼らは、仲間のジュリアンは背後から一人のファッショによって鉄の棒で叩きのめされたと言った。それなのになぜわたしが殴り合いと呼ぶのか意味がわからないと。今回のケースはまったく違うもので、殴り合いと呼ぶにはそれなりの掟《おきて》があるのだと。両者がお互いによく心得ているルールで、それが小競り合いにとどまろうが、激しい乱闘に展開しようが、あくまでも正面から殴りかかるのであって後ろからではない。今回の場合はそのルールが完璧に無視されていたと。よってそのファッショがわたしの息子であっても事情が変わることはないと。わたしは返事をしなかった。返答を思いつかなかった。この最初のコンタクトでは何も期待できなかった。二度目に彼らに会いにいったときには、退院した直後のフスの写真を持っていった。保険のために撮っておく必要があった写真だ。耳の後ろに巨大な穴がよく見える。「これでわかるだろう、これはきみたちの仕業だ」わたしは写真を見せながら言った。「きみたちの殴り合いの掟の中で起こったことだ。頭に穴が空いて、四日間も昏睡状態に陥り、神経に後遺症が残った。誰一人恨んでいるとは言わない、きみたちも瞬間的に激しい怒りに捕らわれた。一緒にいた女の子の写真は持ってこなかったが、見せる必要もないだろう、きみたちのせいで彼女がどんな状態に陥ったか、はっきり覚えているはずだ」彼らはわたしを見ていた。そしてお互いを見合って、何か言おうとしていた。わたしは続けた。「あのとき、きみたちが襲いかかろうと決めたとき、その女の子とわたしの息子のファッションは、単にそのときすべきこととしてルペンのビラを貼っていた。確かにあまり賢いとは言えないよ、それはきみたちに同意する、そんなことするなんてむしろかなりのアホだ。こんなクソみたいなビラを貼るなんて相当のばか野郎だ。だがしかしだ、それ以外にあのふたりはきみたちになんにも頼んでいない。この日、落ち合おうと頼んだわけじゃない、君たちが彼に対してしたように、めちゃくちゃにしてくれなんて、一言も頼まなかったじゃないか。だから、後ろからだろうが前からだろうが、メリケンサックを使って殴ろうがヌンチャクを振り回そうが、そんなことはどうでもいいことで、結果はほとんど同じだ」「なんと答えたら気が済むんだ？」一団の最年長の男が訊いた。「答えてほしいことなど何もない」とわたしは彼に言った。「殴り合いというのが普通はどんなものなのか、つまり、どう展開すべきなのか、それだけを話してほしい。裁判長に、今回は特別に滑りだしが悪かったのだと説明してほしい。息子には一つや二つ、復讐にくる理由があったことを認めてほしい。おそらく息子はジュリアンの顔を一発ぶん殴りたくてきたのだろうと。こんな終わり方は望んでいなかっただろうと……」男は遮って言った。「しかし、一発なんかじゃなかった、何発もだ」「何発かどうか、それはきみたちが心配することじゃない。普段はどうやって痛めつけ合うのか、ただそれだけを説明してほしい。一旦始まると怒りや恐怖で後先がわからなくなって、しかるべき時点でやめられなくなることがある。それをわからせるのは彼の弁護士の役目だ」彼らに証言させるのはたやすいことではなかった。一味の二人は尻込みして逃げだし、結局、三人目の男を説き伏せて、宣誓付きの録音を取ることに成功した。その男は名前を隠し、声も変えて、フスがやられた日の殴り合いについて証言したが、現場について説明する中で、その男はジュリアンを含む仲間たちに大半の責任を負わせていた。

控訴審は第一審より短く、フスにとって有利なものとなった。ジュリアンの両親は一日しか来なかった。彼らはすでに前回の法廷で触れたことに言及し、フスを重すぎる刑に服させる必要はない、彼はすでに十分に罰せられたと思うとはっきりと述べた。さらに、この事件における責任は自分たちの息子にあると強調した。この発言はジュリアンの仲間の証言とも呼応し、このとき初めて、なぜフスがあの朝、殴り込みに行きたくなったのか、その理由が明確になった。そのほかのひとたち、サッカーのコーチトル・ジャッキーもジュリアンの両親と同様の発言をした。わたしも前回よりずっと説得力があった。退院してきたときのフスのゾンビのような状態について話をした。何をするにも手を貸す必要があったこと。退院してしばらくはふつうに食べることさえできず、退院からの数日は夜、自分でトイレに行くこともできず失禁をしてしまったこと。これがわたしの語ったこと、最初の法廷では話したくなかったすべてのことだ。弁護士の頭を悩ませるまでもなく、すべてすらすらと自然に出てきた。トイレで気絶してしまったフスをどうやって救急病棟に連れ戻したか、どれだけの日々、フスは押し黙ったままでいたか。弟が土曜日に戻ってきても、あまりにうつろでまるで夢遊病者のような状態だったことも。第一審のときに弁護士がどんなに期待しても話すことができなかった、その過ちにようやく気づいたのだった。あの棒、例の鉄の棒についてはわたしは何も言わなかった。フスが攻撃力をつけようと加工したに違いないあの棒。その棒がどの棒であるかすぐにわかった。わたしが作業場から持ち帰った棒で、巻き上げに使っており、その頃は丸みがあった。証拠品を入れるビニール袋の外から見えるような鋭利さや刻み目は最初はなかった。この件についてわたしは一審で口をつぐんでいた。二度目のときも口を開くことはせず、その点は不利になった。いずれにしても、フスが武器を持っていた事実は誰も否定できなかった。それが丸みを帯びていようがとんがっていようが、それをどうすることができたというのだろう？弁護士は、この棒は敵が何人いるのか知らなかったフスが万が一のために持っていったものだったと弁明した。つまり、フスが家から出ていったとき、棒は自己防衛のためのものであって誰かを殺すためではなかったと。そうでないとは限らない。疑い。疑いを植えつける。

こうした要素をすべて持ち寄った末に出た結果が、十二年。判決を聞いてわたしはめまいに襲われた。まだこれほどまでに厳しいということに心底ショックを受けた。まるで自分の息子がひとを殺めたという現実を忘れてしまったかのように。十二年、とてつもなく長い年月だ。弁護士は、彼は満足していた。刑を半分にすることができたのだから。フスの素行がよければ刑の軽減も交渉できると。そうなれば、八年か九年で済むかもしれないと。この時点でフスはすでに一年以上、檻《おり》の中で過ごしていた。これからどうなっていくのか、その予測は弁護士に任せた。その晩、ル・ジャッキーはわたしをとことん酔わせた。ナンシーのバーに並んで腰かけ、いきなりウイスキーから始めた。最初のうちル・ジャッキーは自分の運転でわたしを家まで送るつもりだったのだろう、しっかりしていられるようにちびちびやっていた。しかししまいにはル・ジャッキーの妻に迎えにきてもらうために電話をせざるを得なかった。深夜二時に彼女を外に引っぱりだす始末になってしまったが、彼女は事情を理解していたようで、たいしたことにならずにむしろこのくらいで済んでよかったとホッとしているようでもあった。車の中ですこし酔いが覚めると、ル・ジャッキーは、この一件をどう考えてどう受け止めればいいかわからなかったと白状した。とはいえ彼はわたしより距離があり、この事実を落ちついて、明確に捉えていた。二回の裁判にも徹底的に取り組んでいたので、おそらく彼のほうが陪審員の情けをどのくらい得られるものかを懸念していたのだろう。予想よりも短い刑期だったとはいえ、それでも判決が下された翌日も翌々日も、ル・ジャッキーはやはり辛くてわたしの腕の中で泣いた。「でも、おれたちがまたこうして会えたのがせめてものことだ」と彼は言った。

刑務所への訪問は最初の頃はいつも頭がクラクラするほど動揺していた。何度行っても慣れなかった。数日前から悪夢にうなされたが、まあ、一歩中に入ってしまうとなんとかなって、刑務所についた途端に逃げだしたくなるようなばかげた欲求はすこしずつ薄れていった。頭を剃っているか、からだに気をつけているか。我が息子のフスの顔を徐々にまともに見られるようになっていった。何回か前の面会の折に持っていった服を着ていることが多かった。フスは服装にも気をつけているように見えた。身なりに対するわたしの嫌悪感をフスはよく知っていたので、感情を逆なでするようなことはしたくなかったのだろう。フスが清潔にこざっぱりしているのを見ると、刑務所の時間をどうにかこうにか乗り切ることができた。囚人であることを忘れて、そのほかのことは考えずに済んだからだ。最初の頃はル・ジャッキーと一緒に連れ立って行けるのが救いだった。彼には恐れなど微塵もなく、まるでバーにでも入っていくような感じで誰とでも気兼ねなく接して、恥じる様子などひとかけらもないのだった。しかししばらくするとル・ジャッキーはそれぞれ一人で行ったほうがいいと言った。「そのほうがあの子にとっては面会の回数が増えるからな」と。そこでわたしは一人で行く決心をした。入所からの数ヵ月はわたしにとってもフスにとっても辛かった。フスはうわの空で放心状態だった。それが怪我の後遺症のせいなのか、麻薬でも打たれているせいなのか、ジルーに同じような印象を受けているか訊いてみたが、彼はそこには注意は向けていなかった。ジルーが会いにいくときには、話をするのはジルーで、ほとんど彼の独壇場でフスに口を挟ませる余裕を与えなかった。とはいえそれは無意味なことではなかった。ジルーがひっきりなしに話すことのすべて、テレビドラマのあらすじ、ジョークや面白おかしい小話、くだらない話まで、フスは次にジルーが来るまでの一週間、一人で反芻して楽しむことができた。「ジルー、おまえのばかみたいな話を聞いてフスは笑うのか？」とわたしは訊いた。ジルーは自信なさげに、

「まあ、まあ、大丈夫だよ、心配すんなって」と答えた。それからは状況が好転しているように思えた。フスは独房を変えられ、ぽつぽつと話し始めた。わたしから尋ねると、彼は近況を報告してくれるようになった。日中どう過ごしているか。夜はどうしているか。室内運動場。小さな図書室。「よければ本を持ってこようか」「そうだね、頼むよ」会話はこんな感じだった。たいしたことはないが、どん底を味わった身としては立派なものだ。持てあますこともなかった。もちろん二人で黙り込む時間もあったが、それも無駄ではなく、絶望的な面会ではなかった。すこしだけ見つめ合って、久しぶりにほほえみ合うひとときを楽しんだ。お互いの存在に再び慣れていく時間を。夜、帰宅するとわたしは計算に取りかかった。インターネットを検索して、そして翌日弁護士に連絡した。あとどのくらいフスはあそこにいなくてはならないのだろう？　わたしはフスに、看守たちにとにかく感じよく、非の打ち所のない態度で接していてほしいと願った。特赦というものが息子に与えられますようにと祈るような気持ちだった。刑務所の人口過剰についての記事を読むと、この調子で囚人が増えていくとフスを出所させられるのではないかと考えたりもした。ル・ジャッキーに電話をして彼の考えを訊き、弁護士にも改めて手紙を書いた。どうかなりそうだった。妻の断末魔の再現のようだった。ほんのわずかでいいから良くなりますようにと日がな一日祈りながら待つ日々。どんな知らせにも飛びついては抱く浅はかな期待。病院の恐ろしさと嫌悪感、ひどい焦燥感を再び味わっていた。ここではそのすべてが、病院の百倍にも千倍にも感じられた。そんなこともあって、フスがまた口を開き、世の中に関心を示し始めたことは安堵であり慰めにもなった。どんな話題であれお互いに直球で話すことは避けていた。対立することへのツケを彼は十分に払っていた。よってわたしたちは意見というより当たりさわりのないコメントをするにとどめて、口にする内容には慎重でいた。ふたりとも面会室のスツールに座り、居心地の悪さを覚え、世論の重大さと暴力性もよく理解できるようになっていた。記事を交換し合った。わたしはフスにサッカーの、とりわけFCメスに関する記事を切り取り、定期購読している読者だけに配られる「レピュ」の記事を持っていった。地元に起こった新しい事柄に関する記事も渡した。小さな工場の建設が始まったと告げると、フスは喜んだ。そうそう頻繁に起こることではなかった。フスはジルーとジェレミーの勉強が進んでいる様子を事細かに理解していて、複雑すぎてわたしにはわからない点や彼らに与えられている可能性についてあれこれと説明してくれた。こうしたちょっとしたルーティーンのおかげで、この現実の辛さをなんとかコントロールしていた。五年も続ければ完璧に制御できていたかもしれない。

心の底では、あの日起きたことについて、最低でも一度はきちんと話さなければ、わたしたちはどっちつかずの状態から抜けだせないだろうと思っていた。フスは後悔の念を抱いているのか、そのせいで眠れない夜を過ごすことはあるのか、それを知りたかった。しかし彼はそれについては口にしなかった。逆に、わたしの目には、フスは信じがたいほど無関心に、超然として生きているように見えた。同房の囚人たちのやらかしたあれこれについても、ぞっとする様子もなく、淡々と冷静に話して聞かせた。まるで儲《もう》けと借金の返済額を競い合うゲームでもしているように、刑に服せばそれで十分に彼らの借金は返せると思っているように。その点については、フスはほかの受刑者たちと変わらないのだった。

クリスティーナは裁判が終わり、わたしと長い時間をかけて話をしたあと、フスに会いにくることはなくなった。わたしの目には彼女が息子に恋をしているようには見えなかったし、多かれ少なかれ彼女自身の口ぶりからもそのことは伝わってきた。だから余計になぜ裁判中、フスに会い続けていたのかが腑に落ちなかった。どんな誓いを立てたのか知らないが、自らに規則を課した親愛なるシスターのようだった。なんとしてでも彼女にはこの状況に囚われないでほしい、厄介な習慣を自分で作りださないでほしいと思った。時の長さに耐えられるはずがないと彼女に説明した。十二年の禁錮、それが何度の訪問を意味するのか、痛いところを突いたようで彼女は納得した。一年二年経ってから彼を見放すことになるのだとしたら、今ここでさっさと姿を消すほうが彼を苦しませずに済むと合点がいったのだろう。わたしは裁判で彼女が証言してくれたことに礼を言った。フスのためにしてくれた多くのことに感謝の気持ちを示した。するとクリスティーナは告白した。フスがジュリアンの命を奪った一週間後に、中絶をしたと。なんでもないことだったと、フスは自分が父親だったことをまったく知らなかったと。事件の直後に彼女が我が家にやってきた日、仲間が復讐しに行かないと言って激昂《げきこう》してフスの気持ちを焚《た》きつけにやってきた日、そのことを彼に知らせてやることはできただろうに。その、なんでもないことについて。まったくもって、なんでもない、ささいなことについて。今ではもう消えてしまった、ちいさな命について。

父さんへ

この手紙を読むとき、ぼくはもう旅に出ていると思う。みんなそれぞれ休養が必要だよ。こんなふうに無駄な行き来を繰り返して疲弊するなんて、なんの意味もない。遅すぎたくらいだけれど、みんなを解放すべきときがやってきた。ジルーはもうすぐパパになる。男の子の赤ちゃんだよ、もう知ってたよね！　ジルーの奥さんは自分の夫がここに来ていることはあまり好まない。わかるよ。ジルーにはもっとほかにすべきことがあるからね。父さんも、この子が生まれたらすぐに、楽しいときを過ごすようになるよ。自転車の乗り方を教えてあげて。最初はゆっくりだよ、ジルーとぼくにしたように、最初からきつい坂を登らせる必要はないからね。その子をたっぷりかわいがってあげて。サッカーのグラウンドに連れていってあげて、よければお墓参りにもね。チビたちはお墓のあいだを縫って遊ぶのが好きだから。もちろん、あと三年待てばいいだけだ、三年なんて、今まで自分が我慢してきた年月と比べたらなんでもない。でも、みんなにとっては最高に楽しい、素敵な三年のはずだ。ぼくはその三年間の邪魔をしたくないんだ。昨日、別の監獄に移されると知らされた、またたよ！　みんなにとってはさらに遠い道のりになるだけだ。そんなこと無理強いできない。だから逃げようと決めたんだ。この距離感はみんなにとって良いはずだ。ぼくのことを忘れたクリスティーナまで、最近また手紙を書き始めたよ！　ジェレミーとル・ジャッキーに、ぼくのためにしてくれたすべてのことにありがとうと伝えてほしい。彼らに手紙を書く勇気も、時間もない。でも、彼らのことを心の底から思ってる。母さんには、ぼくの代わりにさよならと伝えてほしい。弟をずっとずっと抱きしめて。ぼくは自分の生きてきた時間にはなんの悔いもない。少なくとも家族で一緒に過ごした時間には。素敵な人生だったと思う。ひどい一生だってほかのひとは言うだろうね。悲劇と苦痛の生涯だって。でもぼくにとっては、素敵な人生だったよ。

心を込めて。愛してるよ、父さん。

フス

訳者あとがき

フランスでは「文学の新学期」と呼ばれる九月が近くなると、書店には国内外の著者による新刊書がずらりと並び、ネット上でも情報があふれかえる。二〇二〇年も五百冊を超える小説が刊行された。

パリの住まいの近くにある小さな書店に、人気作家の新刊に混じって、ハートマークの横にCoup de Cœur（心に突き刺さる）と書かれたポップが付いて人目を引いている本があった。著者の名前はローラン・プティマンジャン。出版社も当時はまだあまり知られていなかったラ・マニュファクチュール・ドゥ・リーヴル。*Ce qu'il faut de nuit*（どれほどの夜が必要か）という、すぐには落ちつきの良い日本語が浮かばない、詩的なタイトル。私が何よりも惹かれたのは表紙だった。

モノクロームの写真にはこちらに向かって駆けてくる二人の少年の姿。背丈の違いから推測すると兄弟のようだ。沈みゆく太陽の光を背中に浴びている二人の表情はよく見えないものの、何かから逃げ惑っているわけではないことは確かだ。「待ってよー」という弟の甲高い声に、「のろいなあ」などと言いながらすこし年上の兄が屈託なく笑う声まで聞こえてきそうだった。この二人に何が起こったのだろう。それが知りたくて手が伸びた。まさにジャケ買い。近くの公園のベンチに腰をおろして、一気に読んだ。

冒頭から馴染みのない単語「フス」に戸惑うが、ルクセンブルクでフットボールを指す方言で、フレデリックという少年の愛称だとわかる。フスは地元のクラブに属する名プレイヤーのようだ。

舞台はフランス北東部ロレーヌ地方のモーゼル県県庁所在地メスに近い町。メスといえば、サッカー好きならFCメスを、現代アートのファンなら建築家の坂茂氏も設計に参加したポンピドゥー・センターを思い浮かべるだろう。鉄鉱石や石炭を産出するこの地方はかつて工業地区として発展を続けていたが、七十年代から近代化の波が押し寄せ、製鉄所も閉鎖され、いまではすっかり影を潜めてしまった。寒さの厳しい冬が長く続く気候もあって、娯楽らしい娯楽もない。フスは、ふだんはあまり話題にのぼることのないこの地方の、質素に暮らす労働者階級の家族の長男だ。

本書『夜の少年』の語り手である父親は、毎週土曜になるとフスのサッカーを観にいくのが最高の時間だという。クラブも衰退の一途だが、それでも、「ここが、わたしの居場所」と言い切るささやかな幸せが、グラウンドに降り注ぐ柔らかな光とともに伝わってくる。フスには弟がいて、彼がまだ十歳のときに最愛の母親をガンで失う。四十四歳だった。母親の三年間の闘病生活のあいだ、思春期の楽しみに満ちた時間を送るはずだったフスは、毎週末、父親に付き添って見舞いに行っていた。幼い弟を気遣い、母親代わりになって家の用事をこなすこともしばしばだった。面倒見の良い、やさしい兄だった。

国鉄《SNCF》の仕事と社会党支部の活動に精をだし、家庭のこと、子育ては妻に任せきりだった父親は、妻を亡くしたあと茫然自失に陥っている間もなかった。自分に何かあれば子どもたちが路頭に迷ってしまうとそればかり心配して、危険な高架線で作業をする彼は無事に帰宅できるようにと終始気を張り詰め、自転車に乗ることさえ控えていた。不器用ながらも懸命に男手一つで子育てに奮闘する姿にはほろりとさせられる。

やがてフスが家族より友だちと過ごす時間が増えてくると、父親は息子の口数が減り、以前のような明るさもなくなってきたと気づく。かすかな不安を胸の中でくすぶらせながらも口にだせずにいるうちに、ある日、フスが首に巻いて帰ってきた一枚のバンダナから、平穏に思えていた家族の日常にさざなみが立ち始める。ファシズムの象徴であるケルト十字の描かれたバンダナ。それを目にしたとき、朴訥《ぼくとつ》で口数の少なかった父親は、初めて声を荒らげる。

社会党支部についてきたり、ビラ配りも手伝ったりと、幼いころから父親の背中を見て育ってきた二人の息子が自分と同じ価値観を持っていること、それは自問するまでもない、父親にとっては極めて自然で当然のことだった。ところが、長男のフスは真逆の、敵意さえ抱いている政党のファシストたちとつるんでいたのだ。

バンダナのモチーフ一つにここまで過剰に反応するかと違和感を覚えるかもしれない。しかし、戦後七十年以上経ってもホロコーストやヴィッシー政権の頃の昔ながらの考え方がからだに染み付いて離れない、ガチガチの左派の父親にとっては、アルコール依存症になるより盗みを働くより、正反対の価値観に突き動かされている息子を見るのは驚愕であり、絶望であり、恥なのだった。

物語の最初、支部の様子に触れたあとに大統領選の日の話が出てくるが、父親は、極右政党「国民連合」のマリーヌ・ルペンのことを、単純に elle（彼女）としか書いていない。おそらく支部に集まるみんなも名前を口にするのさえ嫌なのだろう。

この父親のような活動家ほどでなくても、一般的にフランス人の政治参加意識は日本人の比ではない。大統領選が直接投票制で行われることもあって、若者も政治を人ごととは考えておらず、それぞれがはっきりした価値観を持っている。

私は二十数年前にパリで初めてのアパルトマンを探しているとき、知人のフランス人から、「きみは左、右、どっち？　そこから考えるといいよ」とアドバイスされて驚いたのを覚えている。パリの街はセーヌ川を挟んで左岸、右岸と呼ばれているが、左岸は文化や教育の盛んな「知」を、右岸は政治と商業が発展する「お金」を象徴するイメージと言われていた。確かに、街の景色を眺めてみれば、当時それほどパリを知らなかったわたしの目にも、カフェに集う人々の雰囲気や格好だけでも「左右」の違いが歴然としていた。

本書にも登場するフランス人の生活には欠かせないアペロの時間には、政治の話題が口に上ると、小一時間のはずが数時間に及び、しまいには殴り合いになるかと思うような白熱した議論に発展するのを何度となく見てきた。支持する政党が違うからといって同じテーブルにつけないわけではないが、傾倒する熱量によっては、一つ屋根の下に真逆の考えを持った者どうしが暮らすというのは、決して快適なことではないだろう。

時の流れの中で街の景色が変わっていくように、人々の価値観、考え方も変化し、多様性の叫ばれるいまは、パリのような都会では、左と右の差は視覚的には薄まってきているようにも思えるが、人々の頭の中を占める価値観は、親子だからといってそのまま引き継がれる時代は終わっているのかもしれない。

しかし、ロレーヌのような土地柄と父親の一徹な性格を考えれば、バンダナ一枚とはいえ許しがたいことだったのだろう。

口に出さずとも心は通じ合っていると信じて疑っていなかった。息子——とくに長男は自分の分身のように感じていたというのに、ある日突然、見知らぬ他人のようになっていた。なぜ、どこで、どんなきっかけでファシストと出会い、どんな思いがあって共感していったのか。父親はこうしたことを、息子と膝と膝を突き合わせ、じっくりと問いただせるタイプではない。自分の受けたショックも口ではうまく説明できない。読んでいて歯がゆくなるほどなんとも不器用なのだ。

そのうち次男のジルーは、皮肉なことにフスの一番の仲良しだった幼馴染のジェレミーの手引きもあって、猛勉強をしてパリの高等教育機関に進む。ジェレミーは社会党の活動に参加し、パリ本部の青年部からも信頼を置かれている、父親にとっては輝ける星のような存在だ。フスは父親にも理解されず、弟にもあっという間に追い越されてしまったと感じていたかもしれない。それでもフスは変わらず、弟思いのやさしい兄だった。ジルーの引越しの日、荷物を詰め込んだ車で自宅から出発する弟と父親の横でおどけてみせるフスの姿には胸が詰まる思いだった。

その後、フスは日を追うごとにますます仲間たちと過ごすようになり、父親はその様子を慣れないフェイスブックで追いながらも、フスとは話し合いの場を持とうとせず、理解不能なこの状況の中、沈黙は親子関係の溝を深めていく。そして悲劇は起こる。

暖炉の前かどこかで、旧知の友に向かって飾り気のない言葉でありのままを伝えようとしているような父親のとつとつとしたモノローグ。父親の視点でしか知り得なかったこの物語だが、最後の最後に初めて、フスの「肉声」が聞こえてくる。不意を突かれ、その衝撃に胸を締めつけられ、しばし呆然としながら、わたしは公園を散歩する老若男女の目もかまわず涙を流していた。表紙の幼い頃の二人の兄弟、私自身の家族、親しい親子、友だち、大切な人の顔が次々と浮かんだ。

Ce qu'il faut de nuitというタイトルは、フランス系ウルグアイ人の詩人、ジュール・シュペルヴィエル（一八八四年－一九六〇年）の「生き続ける」と題された詩の一節で、人生の彩りを再び見いだすためにどれほどの〝夜〟が必要か、という思いが込められている。これは父親自身、そしてすべての登場人物に向けられた言葉なのだろう。とはいえやはりその筆頭はフスだ。母親を亡くした寂しさや辛さ、胸の痛みも素直に表せないまま、弟の面倒を見て自分を犠牲にしても弟の勉学を応援してきたフス。進学の際にも父親と弟のことを気遣って地元の技術短期大学を選んだ家族想いのフス。もし弟のように家を離れていたら、その後の人生は〝夜〟にとどまらず、トンネルを抜けて明るい人生を歩めたかもしれない。

父親が語りの中で繰り返す、「人生はささいなこと、つまらないことの繰り返しでできている」という言葉通りだとすれば、どの時点で、どんな言葉が、あるいはどんな行為が、フスを〝夜〟から引っ張りだすために必要だったのだろう。父親はおそらく一生この問いかけをしながら生きていくことになるのかもしれない。

確かなことがあるとすれば、愛情という目に見えない生き物の持つ力だ。愛は揺れ動き、揺れ惑い、優柔不断で及び腰、成り行きまかせのところさえある。それでも、取り返しのつかないような重大なことが起きたとしても、失望とか絶望という名の分厚いバリアも簡単に打ち崩してくれる強固なもの。そんな素朴な事実に、短くて強烈なこの物語は気づかせてくれた。

著者のローラン・プティマンジャンは、この小説の舞台になっているロレーヌ地方で、一九六五年、鉄道員の家庭に生まれた。メスの町で育ち、リヨンで教育を受けたあと、エール・フランスに勤務。大の読書家であった彼は読むことだけでは飽き足らず十数年前から書き始め、五十七歳にして本書でデビューを飾った。刊行されるやスタニスラス賞（北フランスの本屋大賞）を受賞、その後、高校生が選ぶフェミナ賞、パリ市図書館賞、ジョルジュ・ブラッサンス賞など数々の賞に輝く。今年に入り、***Ainsi Berlin***（ベルリンのように）を上梓。舞台を第二次世界大戦後のベルリンに移し、本作の父親同様、人間の抱える矛盾を描く。

最後に、拙訳に丁寧にアドバイスをしてくださった早川書房編集部の吉見世津さん、最後の最後まで緻密なチェックをしてくださった校閲の皆さんに心からお礼を申し上げます。

二〇二二年五月

訳者略歴　上智大学文学部仏文科卒業　著書『それでも暮らし続けたいパリ』 訳書『Kitano par Kitano 北野武による「たけし」』北野武，ミシェル・テマン（早川書房刊），『生きながら火に焼かれて』スアド，『かもめの叫び』エマニュエル・ラボリ，『ヌヌ 完璧なベビーシッター』レイラ・スリマニ，他多数

夜《よる》の少年《しようねん》

2022年5月20日　初版印刷
2022年5月25日　初版発行

著者　ローラン・プティマンジャン

訳者　松本百合子《まつもとゆりこ》

発行者　早川　浩

発行所　株式会社早川書房
東京都千代田区神田多町2－2
電話　03－3252－3111
振替　00160－3－47799
https://www.hayakawa-online.co.jp

印刷所　株式会社亨有堂印刷所
製本所　大口製本印刷株式会社

Printed and bound in Japan

ISBN978-4-15-210134-1 C0097

乱丁・落丁本は小社制作部宛お送り下さい。
送料小社負担にてお取りかえいたします。